# 後宮茶妃伝　三
## 寵妃の愛で茶が育つ

唐澤和希

富士見Ｌ文庫

もくじ

# プロローグ

青国《せいこく》の第九代皇帝黒瑛《こくえい》は、腐敗しきった宦官《かんがん》による専横政治を終わらせた。

黒瑛による親政が始まり、国の財政を危惧した皇帝がまず行ったのは後宮の整理。

後宮を一度解散させ、南州《なんしゅう》の族長の娘、茶采夏《ちゃさいか》を皇后に据えた。

次いで南州のみに権力を集中させないために、北州《ほくしゅう》の族長の末の娘・呂燕春《りょえんしゅん》が入内《じゅだい》する。

そして、また新たな妃《きさき》が二人、青国の後宮に入ってきた。

後宮の南、外邸に繫《つな》がる大門の近くには、後宮の妃達で朝議を行う「曙《あけぼの》の間」という大きな広間を有する建物がある。

内壁や柱は鮮やかな朱色で塗られ、そこに金箔で描かれた鳳凰《ほうおう》の舞う、とても華やかな場所だ。

その曙の間には、新しい妃を迎えるために、後宮の住人達が集まっていた。

最も高い壇上で豪奢《ごうしゃ》な椅子に座るのは、後宮の頂点である永《えい》皇太后。現皇帝黒瑛の母である。

そしてその一段下、皇太后の左斜め下には皇后采夏と皇帝黒瑛が並んで座し、その下に四大妃の一人、呂燕春が座る。

周りに立ち並ぶのは、彼らに使える侍女や宦官達だ。

今日は、新しく入内した妃達との初顔合わせ。

皇后の采夏は、この日を楽しみにしていた。なにせ新しく妃がやってくる、ということはつまり……。

「新しい茶飲み友達ができるの、楽しみですね」

弾むような調子でそう言うと、隣で聞いていた黒瑛が苦笑いを浮かべる。

「いや、茶飲み友達ではなく、新しい妃……まあ、茶飲み友達で良《い》いが……」

黒瑛は呆《あき》れた様子で言うが、その表情は柔らかい。

皇帝と皇后が仲睦《むつ》まじいことは後宮では有名だ。なにせ皇帝は、茶道楽で有名な皇后を射止めるために後宮内に茶畑まで作ったほどだ。

二人のやりとりを一段下がった脇の方でニヤニヤしながら見つめていた燕春が口を開く。

「新しい妃が来られることに嫌な顔せず、わくわくされている皇后様、尊い……。そしてそのことに、陛下は少しばかり複雑な思いを抱くのですよね、分かります。ちょっとは嫉妬して欲しいとかそんなことを思ったりして……きゃーなんて尊いお二人なのでしょうか！」

綺麗《きれい》に切《き》り揃《そろ》えられた長い前髪を揺らしながら、燕春は身をくねらせた。

「おい、燕春月妃《げっひ》。俺の心の中を勝手に解釈するのはやめてくれ」

間違ってはいないが、と思いつつも疲れた様子で黒瑛が言うと、燕春はハッと目を見開いて口元を手で覆った。

「あら、嫌ですわ！　声に出ていましたか⁉」

「ああ、出ていた……」

げっそり、といった感じの黒瑛に隣の采夏が微笑《ほほえ》みかける。

「まあ、陛下、燕春月妃もあたらしい茶飲み友達が入ってくるのが嬉《うれ》しくて少しばかりはしゃいでいるだけですわ。私も、楽しみで浮き足立っていますもの」

皇后の言葉に黒瑛は遠い目を向けた。

「……あの日、『私だって普通の女性のように嫉妬することもあります』と言った皇后は幻だったのだろうか……」

新しい妃を入れるという話をした時、本当は嫉妬したのだと采夏は確かに黒瑛に言ったのだ。

だが、今は、嫉妬というよりも、新しい妃という名の茶飲み友達の登場に完全に浮かれている。嫉妬とは一体何だったのか。

黒瑛の嘆きに、ぎょっとして目を見開いたのは燕春だ。

「……え⁉　陛下、そのお話は本当ですか⁉　ちょ、ちょっと、私、聞いてないのですが！　え⁉　そんな尊すぎる会話を⁉　本当に、采夏皇后と⁉　あー、それは流石《さすが》に、尊さが過ぎます！　突然の尊みの供給に私の身が！　持たない！」

と言って左胸を押さえて苦しみ出した。

皇后采夏だけが、「まあ、大丈夫ですか？　お茶飲みます？　龍井《ロンジン》ですか？　それとも碧螺春《ヘキラシュン》ですか？」と優しく声をかけたが、黒瑛と永皇太后はそんな二人に生温かい視線を向ける。

思わず永皇太后が「新しくやってくる妃は、できればもっと普通の感じの妃がいいわ……」と力なくつぶやいたところで、広間正面入り口の扉が開いた。

どうやらやっと、新しい妃達が入ってくるらしい。

外の陽の光を背にして、しゃなりしゃなりとこちらに向かって歩いてきた女性の姿に、侍女や宦官を含めその場にいた誰もが一瞬息を呑《の》んだ。

シャラン、シャラン。

髪に刺した銀の飾り物から、鈴のような音が鳴る。

少し赤みがかった髪を丁寧にまとめ上げ、赤や緑の玉を惜しげもなく使った髪飾りがその美しい髪を飾り立てる。そしてその下には、まるで天から舞い降りた仙女と見紛《みまが》うような微笑みがあった。

猫のような魅惑的な瞳、色っぽい左側の泣きぼくろ、シルクのように肌理《きめ》細かい肌にほんのりと色づいた桃色の頬と、赤い紅の塗られた艶《あで》やかな唇。

完璧といっても差し支えのない体形に、白百合《しらゆり》が刺繍《ししゅう》された菫色《すみれいろ》の襦裙《じゅくん》。肩にかけた薄桃色の披帛《ひはく》が、彼女の動きに合わせてひらひらと舞う。

ここにいる誰もが息を呑んで見入るほどに、現れた妃は美しかった。

この場にいる者の視線を独り占めしたその女性は、歩みを進めて皇太后たちの前へとやってきて立ち止まる。

「ご挨拶申し上げます。西州《さいしゅう》の州長・劉芳泉《りゅうほうせん》が娘、劉秋麗《しゅうれい》と申します」

その声までもが、見た目の通りの涼やかさだった。

にこりと誰もが見惚《みほ》れる笑みを浮かべると、皇太后は思わず感嘆のため息を漏らした。

「西州にこれほどの美姫《びき》がいたなんて……」

皇太后から漏れた素直な賛辞の言葉に、秋麗は満足そうに笑みを深める。

「まあ、美姫だなんて……。皇太后様のお美しさに比べたら私なんて足元にも及びませんわ」

「ふふ、まあ、うまいことを言うのね。歓迎するわ」

「感謝申し上げます。皇太后様に孝行いたしますわ。……ところで、私の位はいかがなものになるのでしょう?」

たおやかな笑みを浮かべながら、微《かす》かに首を傾《かし》げて尋ねると、皇太后が口を開いた。

「西州の妃には、四大妃の一つ、風妃《ふうひ》の位を空けていますよ。他の妃と力を合わせて、私や皇后を支えてくださいね」

皇太后の答えに、秋麗の顔がこわばった。

「まあ……風妃？ 風妃と言えば、四大妃の花妃《かひ》、鳥妃《ちょうひ》、風妃、月妃の中で三番目の位。ご冗談ですわよね？ この私が三番目？」

先ほどまで浮かべていた完璧な笑みが少し歪《ゆが》み、どこか人を小馬鹿にするような顔をして秋麗が答える。

皇太后はわずかに戸惑いながら曖昧な笑みを返した。

「色々な力関係を考えてのことなのだけど、不満かしら？」

「……まさか。不満だなんて。ただ少し、不思議に思っただけなのです。でも、そうですわね。仕方ありませんわ。先の政変で、西州はあまり力をお貸しできなかった。実家の力だけで上り詰めた方々が上にいらっしゃいますものね」

そう言って、秋麗は皇后の采夏に視線を向けた。

上から下まで采夏を見て、そしてクッと片側の口角を上げて笑う。その様はあきらかに皇后である采夏を下に見たような態度だった。

そのあからさまな態度に燕春は不機嫌そうに片眉を上げる。

「あら、それは聞き捨てならないですわ、秋麗妃。まるで、皇后様が、実家の力だけで皇后の座を射止めたとでも言いたげではないですか」

その言葉に、秋麗はチラリと燕春を見る。

燕春に対しても、自分より劣るものを見るような視線をよこすと口を開いた。

「あら、違うのですか？」

すでに勝ち誇った顔だった。采夏は、家の力で皇后になっただけ。それ以外の魅力はない。暗にそう言っている。

「違います！　皇后様は尊い方なのです！　貴方《あなた》など足元にも及びませんよ！　貴方は所詮、あれです！　当て馬です！」

拳を握って抗議の声をあげる燕春に、秋麗は不機嫌そうに眉を顰《ひそ》めた。

「まあ、馬だなんて！　陛下、馬に喩《たと》えられるなんて、こんな侮辱初めてですわ。私が馬に見えますか？」

そう言って秋麗は唇を尖《とが》らせ、目を潤ませた。そして、細い肩を震わせてか弱いふりをしながら、その潤んだ瞳を皇帝黒瑛に向ける。

渾身《こんしん》の媚《こ》び顔だ。男なんて、ちょっと弱いふりして媚びて見せればイチコロ。

その完璧な可愛《かわい》らしい顔にそう書かれているかのようだった。

皇太后である永は、その女の武器を総動員させたかのような笑みに、ひっそりと震えた。

黒瑛の父親である第六代皇帝時代の後宮の妃達がよく浮かべていた強《したた》かな笑み。当時の皇后に仕えるただの女官に過ぎなかった永が、彼女達の熾烈《しれつ》な争いを掻《か》い潜《くぐ》って生きて来られたのはただ運が良かっただけだ。

皇太后が思わずぶるりと身を震わせ、息子である現皇帝黒瑛を見る。

彼の父であり、かつての皇帝は、女の強かさを巧みに隠した魅惑的な笑顔に弱かった。果たして息子はどう思うのか。

永がそわそわする中、黒瑛は大きく頷《うなず》いた。

「馬には見えない。だが、風妃の位を変える予定はない。先の政変で力を貸してくれた東《とう》州《しゅう》の娘を四大妃の頂点、花妃に据える。鳥妃には、四大州以外のところから嫁いでくる名門の貴族を据える予定だ。そして皇后はこれからも采夏だ。……これらは現在の情勢等を加味した結果だ。覆す予定はない。そなたは四大妃、風妃として皇太后と皇后を支えてほしい」

黒瑛は爽やかに答えた。

黒瑛とて秋麗の美しさには確かに驚いたが、でもそれだけとでも言いたげだった。

黒瑛はかつて出涸《でが》らし皇子と呼ばれ、皇族の中でも素行が悪い男だったが、それでも皇族の人間だ。幼い頃は母と共に父の後宮に住んでいた。その時に美しい人なら何人も見たことがある。そして美しいものには、棘《とげ》があることも知っている。

秋麗は確かに美しいが、それだけなのだ。

だが、秋麗は自分の主張がこれほどあっさりいなされたのが初めてだったのか、動揺で軽く目を見張る。すると……。

「発情期の犬の声が聞こえるな。陛下の後宮にはうるさい犬がおられるようだ」

張りのあるよく響く声が聞こえてきた。気づけば、扉の前に誰か立っている。

蓬色《よもぎいろ》に金糸で蔦《つた》模様が施された袍《ほう》を身に纏《まと》った若者がいた。

すらりと背が高く、青みがかった黒髪を引っ詰めて高いところで縛り後ろに流している。切れ長の瞳は凛々《りり》しく、整った顔に浮かぶ笑みも麗しい。思わず目を見張るほどの凄《すさ》まじい美青年だった。

その美青年は、長い足を動かしてさっと秋麗がいるところまでやってくる。

突然の美青年の登場に、一同は目を見張った。

何もその美しさだけに驚いているわけではない。ここは後宮だ。男子禁制である。

「お前、何者だ」

黒瑛が思わず采夏を庇《かば》うように前に出ると、突然の訪問者を睨《にら》み据える。

突然のことに戸惑うばかりだった侍衛や宦官《かんがん》達は、皇帝の声にハッとしてようやく動き出した。

槍《やり》を持った男達が突然現れた美青年を取り囲むと、青年は困ったように笑みを浮かべた。

「おや？　呼ばれて参じたというのに、これはひどい歓待だな」

その言葉に、黒瑛が片眉を上げた。

「呼ばれただと？」

「ああ、私は江冬梅《こうとうばい》。東州長の、姪《めい》だが」

なんてことない、といった様子で江冬梅と名乗った者が答える。

「それって……新しい花妃の？」

ぱちぱちと目を瞬《しばたた》かせながら燕春がそう言うと、戸惑う燕春にばちんと片目を瞑《つぶ》って見せた冬梅が口を開いた。

「その通りですよ、愛らしい方。私が、この度、新しく陛下の妃《きさき》として仕える東州長の姪、江冬梅です」

快活に答える青年に、いや、新しく入内《じゅだい》した妃、冬梅の言葉に一同固まった。

「江冬梅……？　つまりお前は、いや、そなたは後宮に侵入した不審者ではなく、新しい花妃、ということか？」

男物の袍を着ているので誰もが男性と思っていたが、よく見れば胸元はわずかに膨らみ、喉仏もない。女性である。

そもそも、こんなところまで堂々と男が入れるわけがなかった。

「ああ、先ほどからそう申し上げておりますよ、陛下。どうぞよしなに」

にかっと白い歯を光らせた顔は男前だった。

そしてその麗しい顔に柔らかな笑みを浮かべて視線を移す。移した先にいた皇太后と皇后に対して両手を組んで叩頭《こうとう》した。

「皇太后様に皇后様。妃の一人として、お二人に忠誠を」

そういって頭を下げる姿はまるで大将軍が皇帝に忠誠を捧《ささ》げるが如《ごと》く、凛々しく様になっている。

突如乱入したかに見えた者が、新しい妃。にわかにそのことを受け入れた黒瑛がどさりと脱力したかのように椅子に座り直す。

「また、なんか、すごいのがきたな……」

思わず心の声も漏れた。

「貴方が、江冬梅？　しかも、私を差し置いて、花妃ですって？」

最初こそ怯《おび》えたような表情を見せた秋麗だったが、相手が自分と同じく入宮した妃と知って、不機嫌そうに眉を釣り上げた。

「ああ、東州は先の政変で力をお貸ししたからそれゆえだろう」

「というか、なんで、よりにもよって男物の衣なんてきているのよ！　信じられないわ！」

「装いは自由と聞いていたが？」

「自由にも限度があるということをご存じないのかしら」

「一番自分に似合う服を着てきただけだが。というか、そなたこそ、先ほどの皇后様に対する態度はなんだ。不敬にも程がある」

「貴方に言われたくないわよ！　貴方の服装自体が不敬じゃないの！」

どうやら相性が悪かったらしい。

冬梅と秋麗は出会うなり口論を始めた。

それらをあっけに取られて眺めていた黒瑛は思わず額を片手で押さえた。

そして黒瑛はちらりと隣の采夏の様子を見る。

アクの強過ぎる新しい妃を見て何を思うのか気になったのだ。なにせ、采夏は皇后だ。彼女らをまとめ上げていかねばならない。

采夏は大丈夫だろうかと心配して見てみたが……その心配は完全に杞憂《きゆう》だった。采夏の目は輝いていた。きらきらした楽しげな瞳で、冬梅と秋麗を見ている。

「本当になんて美しい方々なのでしょう」

どうやら秋麗の嫌みも、冬梅の奇抜さも皇后は気にならないらしい。

さすが采夏だなと思っていると、黒瑛の視線に気づいたからか、采夏が黒瑛の方を向いた。

「これから、楽しみですね、陛下。私、お茶を飲む時に、周りの景色などによってもお茶の風味が変わるような気がしてまして、実家にいた頃はお抱えの絵師に美しい風景画を描かせてそれを眺めながらお茶を嗜《たしな》んでいたのです。秋麗様は美しいですし、冬梅様は凛々しくていらっしゃいますし、お二人を眺めなら飲むお茶は、とても雅《みやび》な風味がしそうです。陛下もそう思いませんか？」

楽しそうに語る采夏に曖昧な笑みを浮かべて「そうだな……」と力なく同意した。

そんな黒瑛の耳に、ぶつぶつと何か言っている声が聞こえてそちらを見てみると、口論を続ける二人の妃を見ながら燕春がにたりと笑って何やら呟《つぶや》いていた。

「ふふ、いい、いいですわ。皇后様を小馬鹿にした秋麗様は気に食わないと思いましたけれど、でも、それもある意味良《い》い味になるやもしれません。それに、冬梅様のあの凛々しさときたら、陛下にも負けない美青年ぶり！　皇后様との三角関係が？　当て馬秋麗の動向も目が離せませんわ！　ああ、どうしましょう！　妄想がとまらないです！」

黒瑛はめまいがしそうなのを堪えて皇太后を見ると、疲れた顔にかろうじて笑みを浮かべて固まっている。

普通の感じの妃がきてほしい、そう言っていた皇太后の願いは叶《かな》わなかった。

黒瑛ははあとため息を落とす。

「四大州長の血縁者というのは、変わり者しかいないのか？」

黒瑛の小さい嘆きは、二人の妃の口論の喧騒《けんそう》に押し流されて消えていったのだった。

# 第一章　茶道楽ゆえに不名誉を得る

青国《せいこく》の後宮に新しい妃二人が入ってから三月が経過した。

季節にして春。

まだ冬の冷たい空気を感じられる日もあるが、概《おおむ》ね暖かい日が続く。

日の出ているうちは後宮内にある東屋《あずまや》でお茶を嗜むのが、采夏《さいか》の日課だった。

今日も今日とて、東屋でお茶を淹《い》れる。

茶杯の数は四つ。だが、薄黄色のお茶が入っているのはそのうちの二つのみ。

采夏と、本日一緒にお茶を飲むことに快く応じてくれた冬梅《とうばい》の分である。

「……相変わらず皇后様のお茶は美味《おい》しい」

お茶を味わった冬梅が、しみじみとそう言った。

今日も今日とて、相変わらずの男装姿である。青色の袍《ほう》を華麗に着こなし、背筋を伸ばして椅子に座るその様は、どこからどう見ても麗しい青年だった。

皇后と年若い美青年が二人でお茶を飲む姿は、皇帝以外の男性と皇后がいちゃついているようにも見えて、一目見た宦官や宮女達を一瞬ギョッとさせる。

「本日のお茶は、北州《ほくしゅう》の銘茶、碧螺春《ヘキラシュン》です。今年の新茶ですよ。……ご存じとは思いますが、昨年は生産地にて色々とありまして一時はどうなることかと思いましたが、今年の碧螺春の出来は悪くありません。例年に比べて、果物のような甘い香りが薄れているようにも感じられますがその分力強い青々しさがあります。柔らかな果物風味と程よい青さが調和した味……出来は上々で申し分ない仕上がりです」

お茶を飲みつつ恍惚《こうこつ》とした表情で味わう采夏が、絶妙な早口で今年の碧螺春を評価していた。

昨年、北州の族長一族の一人、呂賢宇《りょけんう》が金に目が眩《くら》んでよく知りもせずに碧螺春の茶畑に介入したことで、お茶の品質が大いに落ちた。その上、落ちた品質の茶葉を用いて密《ひそ》かに遊牧民と取引をし、武力を増強させていた。

呂賢宇の目的は、帝位の簒奪《さんだつ》。秘密裏に進められていた計画だったが、お茶の品質が落ちたことをきっかけにして采夏が気付き、彼の悪事を暴くことに繋《つな》がった。

しかも、皇后が手ずから後宮内でお茶を育てていたことが、青国の財政難を救った。お茶は、茶木の育ちにくい外国にとってはのどから手が出るほどの嗜好《しこう》品。青国の立派な特産品として、皇后の育てた茶葉は、他国との交易で大いに国を助けたのだった。

まるで当時の苦しい現状を見越していたかのような皇后の行いを目の当たりにし、それまで茶道楽の変わり者の皇后と思っていた宮中の者達の見方が変わった。

もう彼女をただの茶道楽だと馬鹿にするものは、宮中にはいない。

「ああ、これが例の北州の碧螺春なのですか。……聞いた話によればひどい有様《ありさま》だったらしいですが、今はもう、これほどのお茶を生み出せる状態に戻っているのですね」

「ええ、碧螺春はお茶の中でも、とりわけ銘茶ですし、周辺の商人達も碧螺春の復興に向けて尽力してくださいました。今の青国はお茶の交易で経済を支えていると言っても過言ではありませんので」

国庫金の乏しい青国が、茶畑の大規模な修繕に早急に手を打てたのは、周辺の商人達の力のおかげでもあった。

碧螺春は銘茶中の銘茶。お茶を喫する金持ちは、極上の碧螺春を得るためには金に糸目をつけない。

つまり、お茶は金になる。

実際、件《くだん》の問題を起こした呂賢宇も、お茶が金になると知って愚かな野望に囚《とら》われた。

金のために荒らされた茶畑を救ったのもまた、金のために動く商人達というのは皮肉なものだが、采夏は商人達に対して悪印象はない。

商人達のおかげでお茶が市場に出回り、求める者にお茶が運ばれていく。感謝さえしている。

まあ、金のために茶葉に混ぜ物をする商人は別だが。

采夏が、元の状態に戻った碧螺春の産地のことについて思い返していると、冬梅の顔が曇った。

「羨ましいな……」

ぽつりと冬梅の口からこぼれた言葉には、苦しさが垣間見《かいまみ》えた。

采夏は、彼女の物悲しげな顔を見て先日の災害を思い出す。

冬梅の出身地である東州《とうしゅう》は、季節外れの嵐に見舞われたのだ。

「……東州の安吉村《あんきつむら》のことをお考えでしょうか？」

采夏は気遣わしげにそう声をかける。

東州で起こった嵐は酷《ひど》いものだった。特に雨量がすさまじく、川が氾濫し土砂災害も起こった。

その災害のために、一つの村が潰れた。

「ああ……。ひどい水害だった。とくに安吉村の被害がひどい。早々に避難できたことで人の被害は少なかったが、村の家屋の多くは土砂に流された。……未《ま》だ村の復興のめどはたっていない。碧螺春のような主要な特産物でもあれば、良かったのだろうが……」

安吉村を土石流が襲った。家屋の大半が大破し、それでも人々が早々に避難して生きているだけでも奇跡といえよう。

だが、大雨が止《や》み、しばらくたった今でも村は放置されたままだ。

青国からも復興のために数人の役人を派遣したが、あまりにも広範囲な被害を前にして二の足を踏んでいる。しかも、この村に行く途中の道にも、土砂で潰された場所がある。人ひとりぐらいなら足場の悪いところを踏み越えてなんとか通れるが、土砂を取り除くのに必要な道具類を運び込むのは困難だった。

国の役人達だけではどうしようもできない状態だ。

土砂を取り除くのは骨が折れる作業。復興には人手はもちろん金もいる。小さな村のために人手や金を出せるものがいなかった。

「冬梅様。私も、陛下に改めて安吉村のこと申し上げておきますわ」

「感謝いたします、皇后様。ですが……やはり難しいでしょう。碧螺春のような特産品のない安吉村を復興するために力を割ける余裕は、今の青国には正直ない。伯父である東州長も、そのまま村を捨てるつもりでおられる」

冬梅の疲れ切った声には諦めの色があった。思わず采夏も顔を曇らせる。

そんなことはないと言いたかったが、それを口にすれば嘘《うそ》になる。

冬梅の言う通り、現状、小さい村の土砂をきれいに取り除いて元通りの生活をさせる余裕はまだ青国にはなかった。

顔を曇らせた采夏を気遣ってか、冬梅は軽く笑ってみせた。

「申し訳ない、皇后様にそのようなお顔をさせるつもりではなかった。笑ってください。

あなたのような愛らしい人には笑顔がよく似合う」

そう言って、冬梅は采夏の頰に手を伸ばす。その手に誘導されて采夏が顔を上げると、非常に近いところに冬梅の顔があった。完全に、側から見たら美男子が皇后を口説いているの図だった。

『きゃー、冬梅花妃様、なんて麗しいの～！』

どこからか女性の黄色い声援が聞こえてくる。どうやら冬梅を一目見たくてきたらしい宮女達だった。少し離れた低木に隠れながらこちらの様子を窺《うかが》っている。

冬梅はその麗しい貴公子ぶりで、後宮の宮女達と一部の宦官《かんがん》の心を捉えていた。冬梅花《か》妃《ひ》愛好会なるものが発足しているという噂《うわさ》もある。

本来、宮女が仕事をサボって妃達《きさき》の茶宴を覗《のぞ》き見るなど許されることではないのだが、なんと言ってもここは皇后が采夏の後宮。ゆるかった。

「ちょ、ちょ、冬梅花妃様、流石《さすが》に皇后様との距離が、ち、近すぎます！」

そう横から声をかけたのは、采夏の侍女、玉芳《ぎょくほう》だ。何故《なぜ》か鼻を摘んでいる。

「近すぎたかな。普通のつもりなのだが」

そう言って冬梅は采夏の頰から手を離し、肩をすくめて戯《おど》けてみせた。その様子もまた麗しい。

「まあ、玉芳、お鼻どうしたの？　怪我《けが》をしたの？」

采夏がそう尋ねると、玉芳は首を横に振った。

「い、いえ、怪我はしてないのですけれど、冬梅花妃様の色香にやられて鼻血が……。異性に接する機会が少ない私達には、少々刺激が強すぎるのです」

そう言って、鼻の下に流れた血を袖で拭った。興奮のあまり鼻血が出たらしい。

「ああ、分かりますわ。私も小さい頃、お母様にお茶を止められて、一日、一滴もお茶を飲ませてくれず、血反吐《ちへど》を吐く思いでした……」

采夏が訳知り顔でそう言うと玉芳ははげしく首を振った。

「いや、全然違いますが⁉　どうして今その話が出てきたのでしょうね⁉」

と玉芳はカッと目を見開いて鼻声で訴える。

「はは、さすがは皇后様の侍女だ。可愛《かわい》らしくも面白い」

「え、そんな、可愛いだなんて……。褒めすぎです」

冬梅の言葉に、途端に玉芳は頬を染めてしおらしくなって、思わず采夏は目を見張る。

(まあ、あの玉芳が、ここまで態度を変えるなんて。さすがは冬梅妃だわ)

采夏が心の中で賞賛していると、冬梅が采夏に視線を戻した。

「ふふ、皇后様の可愛らしさでつい話が逸《そ》れてしまいましたね。一つお伝えしておきたいのは、私は陛下や皇后様には感謝申し上げているということです。未だ水害の復興はされていませんが……村人達を、都に置いてくださったこと感謝しております」

実は安吉村の者達は、現在都に移っていた。都の一角に簡易的な天幕を立てて住まわせて、食事も配給している。だがあまりよい環境ではないらしい。

村人達からは早く村に戻りたいという声が届いているというのを采夏も聞いている。采夏ですら聞き及んでいるのだから、もとより冬梅は知っているのだろう。

「……安吉村の人々が安らかに暮らせるように、私も尽力しますわ」

采夏が気遣わしげにそう言うと、麗しい美青年風の冬梅が優しく目を細めて笑みを作る。

「皇后様はやはりお優しい方だ。さすがは陛下の御心をいとめただけはある」

「冬梅様は、ずいぶんと安吉村のことを気にかけている様子ですが、理由を伺っても？」

「私が幼少の頃に過ごしていた家と近いのだ。よく遊びに出掛けていた。それで思い入れがあってね……。ああそうだ。私の侍女の一人が、実は安吉村出身の娘なのだ。紹介したい」

そう言って、冬梅は後ろに控えていた侍女を招き寄せた。

するとおずおずとした様子で、頬にそばかすをつけた十四、五歳ほどの少女が前に出る。

「ご、ご挨拶申し上げます、皇后様。小鈴《しょうりん》と申します」

緊張で声が震えている。見た目の通り純朴そうな少女だ。

少しでも緊張が和らいで欲しいと采夏は笑みを浮かべる。

「小鈴、大変でしたわね」

「い、いえ……」

小鈴が緊張のあまり顔を俯《うつむ》かせると、冬梅が口を開いた。

「彼女は、身寄りがなくてね。私が世話をすることになり、侍女として召し上げたのだ。礼儀作法には疎いが、大目に見ていただけるとありがたい」

「私はかまいません。ああ、そうですわ。よろしければ、一緒にお茶はいかがですか？ちょうど茶杯が空いていますし。ね？　玉芳も一緒に飲みましょう？」

いいこと思いついた！　とばかりに手を打って采夏は提案したが、誘われた玉芳は渋い顔をした。

「皇后様、侍女が妃様方の茶席に同席するなんて、それは……だめです」

「もう、玉芳、良《い》いではありませんか！　玉芳が一緒にお茶を飲んでくれたらこの使われなかった茶杯が浮かばれますよ」

と言って采夏は卓に並ぶまだ空の茶杯二つを手で示した。

「茶杯に浮かぶも浮かばれないもありません。使わない茶杯は片付けておきますので」

「えー、でも……」

「皇后様、あの、わ、私もご遠慮いたします。流石に一緒の席につくなんて、恐れ多くて……」

そうか細い声で訴えたのは小鈴だ。

采夏は思わず「そんな……」と言って悲しみに眉尻を下げる。

「そうですよ。どこの国に、侍女をお茶の席に同席させる皇后がいるのですか」

呆《あき》れたように玉芳が言うと、采夏は唇を尖《とが》らせた。

「でも、二人だけの時は、玉芳も一緒に飲んでくれるではないですか」

「あーあー！　皇后様！　そういう話をしてはいけないとあれほど！　良いですか！　これから他の妃様方が増えていくのです！　侍女とお茶を飲んでいたなんて知られたら、品性を疑われますからね！」

玉芳の言葉に、采夏の目がカッと見開かれた。

「そんなことで品性を疑う方がいるのですか？　いるのだとしたら、ちゃんと教えてさしあげないといけませんわ。お茶は誰と飲んでもいいのです。誰とお茶を飲んだからといって、誰の品性も損なわれないのですから」

「いや、なんかすごくいい話風に言っているけど、そういうのじゃないから……はあもう……」

玉芳が疲れ果てた顔で項垂《うなだ》れると、ははと軽やかな笑い声が響く。冬梅だ。

「確かに、誰とお茶を飲んだとしても品性は損なわれない。皇后様は、面白い方だ。直接お会いするまでに思い描いていた方と全然違う」

冬梅のその言葉に采夏は興味を抱いた。

「まあ、どのような印象を持たれていましたの？」

「それは……その、あまり気を悪くしないでほしいのだが、茶道楽という話を聞いていたので、もっと派手好きで我が儘《わがまま》な方なのかと。しかし実際は、道理をよく分かってらっしゃる方だし、宮中の者達も皇后様には一目置いているように思える。平民の者達が言うような、我欲のために湯水のように金を使い、恵まれない者達を見下すような愚かな皇后ではない」

そう言って冬梅は穏やかに微笑《ほほえ》んだ。

平民の間では、『茶好き』というのはあまり良い印象を与えない。お茶は高級品。庶民ではなかなか手に入らない贅沢《ぜいたく》品だ。

昔から、お茶に魅入られたものは金で身を滅ぼすとも言われるほどの金のかかる趣味なのである。

質素倹約が尊ばれる現在の青国では、皇后が茶道楽だというのはあまり手を広げて歓迎できるものではなかった。

皇后が茶道楽というだけで嫌な印象を受ける民がいる。

だが、実際に采夏と話をして冬梅はその印象を払拭できたようだった。

そんな冬梅の言葉が嬉《うれ》しかった玉芳は、得意げに口を開いた。

「皇后様は、お茶を尊び過ぎてその他の上下関係には疎いのですよ。お茶が頂点、それ以外はまずまず。だから、何かを見下すというようなことはありません」

しかしそう言い切った後、渋い顔をした。

「……お茶に対する愛が強すぎなければ、本当はもっとまともな皇后になられるはずなのです……まともな……」

「やだわ、玉芳、褒めすぎよ。照れてしまうわ」

照れて顔を赤らめる采夏を玉芳は冷めた眼差《まなざ》しで見た。

「いや、そこまで褒めていません」

そんな采夏と玉芳のやりとりをしみじみと面白そうに眺めていた冬梅だったが、ふと思いついたように口を開いた。

「ところで、ずっと気になっていたのだが、なぜ茶杯が四つも？」

そう言って、視線を卓の上にある空の二つの茶杯に向けた。

今は采夏と冬梅で茶杯を一つずつ使っているが、もともと卓には四人分の茶杯が用意されている。

「ええ、こちらは、燕春月妃《えんしゅんげっひ》と、秋麗風妃《しゅうれいふうひ》のものと思って用意させたのです。ですが二人には振られてしまいまして……」

采夏の言葉に意外そうに冬梅は片眉を上げた。

「高飛車な秋麗風妃がお誘いを断るのはなんとなくわかりますが、燕春月妃が来られないというのは珍しいですね」

「燕春月妃は、今書物をしたためているようなのです。なんでも恋愛小説なるものを書いているとか」

「ほう、燕春月妃にそのような趣味が？」

「ええ、もともと小説を読むことが好きな方だったのですが、先日、溢《あふ》れる妄想が止まらない！　とおっしゃって宮にこもりきりになりまして。何かに夢中になることは素晴らしいことです」

ほのぼのと答える采夏に、少し目を丸くさせて驚いた冬梅だったが、すぐに笑みを浮かべた。

「うーん、私が言うのもなんだが、我が国の後宮は本当に……自由ですね」

「きっと陛下が寛容な方だからですね」

「うーん、陛下がというよりも皇后様が寛容……いや、似たもの同士が集まったというか……」

「そうですね！　似たもの同士！　みなさん、お茶好きな方々ですものね」

「いや、はは。そういう話ではないですが、まあ、皇后様がお可愛らしいのでそういうことにしておきましょうか」

そう言って、冬梅が爽やかに笑い声を立てた時だった。

「あら、きゃんきゃんきゃんきゃん主人に擦り寄る駄犬の媚《こ》びているような声が聞こえたと思ったら、冬梅花妃ではありませんか。皇后様のご機嫌取りですか？　せいが出ますわねぇ」

二人の侍女を引き連れて、しゃなりしゃなりとこちらに向かってまっすぐ歩いてくる秋麗がいた。

冬梅が不快そうに眉根を寄せる。

「これはこれは、秋麗風妃。犬の媚びている声？　そんな声はしないが。おかわいそうに耳が悪くていらっしゃるようだ。医官でも呼んできてやろうか？」

そうして冬梅と秋麗の睨《にら》み合《あ》いが始まった。

しかしこの殺伐とした空気を全く読めていない采夏が嬉しそうに手を打った。

「まあ、秋麗風妃、きてくださったのですね。嬉しい。お茶を飲みますか？　飲みますよね？　ありがとうございます！　どうしましょう、お湯が足りるかしら。玉芳、水を入れた壺《つぼ》を、いえ、樽《たる》ごと持ってきてくれる？」

「流石《さすが》に樽はやめてください。あと多分そういう雰囲気ではない」

新たな茶飲み友達の登場にウキウキを隠せない、といった様子の采夏を、玉芳が冷静に嗜《たしな》める。

そんな二人のやりとりを、秋麗はフンと鼻で笑った。

「まあ、皇后様、ごきげんよう。折角のお誘いですが、遠慮させていただきますわ。第一、毒見もつけずに、お茶なんて……繊細で先々のことを考えすぎてしまう私にはできそうにありませんわ。本当に、皇后様って御心が強くていらっしゃるわね。頭の中に花畑でも育てていらっしゃるのかと思うようなおおらかさで、羨ましいですわ」

「まあお花畑？　秋麗風妃、お花が好きなのですか？　でしたらちょうどよかったです。いま花のような華やかな香りのするお茶、碧螺春を飲んでいたのですよ。一緒に楽しみましょうね」

「話が全然嚙《か》み合ってない」

秋麗の嫌みに、お茶の紹介で返す采夏に玉芳は頭が痛くなってきた。

嫌みが全く効いていない采夏に、秋麗の目元がピクピクと不快そうに痙攣《けいれん》した。

「まあ、皇后様って本当に前向きな方ですのねぇ。でも、私の分のお茶の用意は不要ですわ……皇后様が手ずからお茶を淹《い》れてくださるなんて、恐れ多くて飲めませんもの。……何が入っているかもわかりませんのに」

「まあ、秋麗風妃、茶葉についてはきちんと私がご説明差し上げますのでご安心くださいませ。碧螺春というのは……」

「皇后様って、はっきりと申し上げないと言葉が通じないお方なのかしら！」

と、引き続き秋麗の嫌みにお茶の話で返す采夏の言葉を遮った。そして改めて口を開く。

「でしたらはっきりと申し上げますけれど、私が言いたいのは、毒見もなしに、毒が入っているかもしれない飲み物なんて飲めないということですのよ」

「それってつまり、私が、お茶に毒を入れると……？」

目を見開き問い返す皇后に、秋麗は肯定の意味を込めた笑みを浮かべる。

「そのような侮辱を受けたのは初めてです」

衝撃を隠せない、といった表情で采夏は落ち込んだ。

「いや、それよりさっき言われた頭が花畑の方が侮辱感強かったと思いますけどね」

たまらず玉芳が突っ込む。

秋麗の物言いは、位が上である采夏に対して無礼であるが、しかし、言っていることは比較的まともだ。

皇后自身がお茶を淹れ、毒見もなく、皇帝も含めて誰もがそのお茶を飲む現状は普通とは言い難《にく》い。

でも、侮辱だわと落ち込む采夏を見かねて玉芳は秋麗に視線を向けた。

「秋麗風妃様、ご無礼を承知で申し上げますが、その点につきましてはご安心くださいませ。皇后様がお茶に毒を入れることはありません。何があってもです」

秋麗の視線が玉芳に注がれる。

侍女の分際で話しかけるな、といった冷たい眼差しだ。

「へえ、そうですの。……でしたら一杯お茶に付き合おうかしら。皇后様がそこまで仰《おっしゃ》るのにお断りするわけにもいきませんもの。よければ一杯用意してくださるかしら」

その言葉に采夏はパッと笑顔を輝かせた。

「ええ、是非。嬉しいです。少々お待ちくださいね。今淹れますから！」

そう言うと采夏はいそいそとお茶の準備に取り掛かった。

道具などは全てそろった状態だったので、まもなくして茶壺《ちゃつぼ》の中に碧螺春のお茶ができた。

「こちら碧螺春です。一煎目のスッキリした味わいも良《い》いですが、より深みの出た二煎目も格別なのです」

と言いながら、采夏が茶壺から茶杯にお茶を入れようとしたところ……。

「まってください皇后様。茶杯に注ぐのは私にやらせてくださるかしら」

ねっとりとした口調でそう言ったのは、秋麗だ。

采夏は意外そうに目を見開き驚いてみせたがすぐに笑顔で頷《うなず》いた。

「ええ、かまいません」

そのまま茶壺を秋麗のもとに。

秋麗は、茶杯を手に取って引き寄せ茶壺から茶杯にお茶を流しいれた。そのあと采夏にその茶杯を渡すのだろうと思われたところで、何故《なぜ》か秋麗は采夏らに見えないように茶杯の周りを片手で覆う。そしてもう片方の手で薬包のようなものを袂《たもと》から取り出し、その茶杯に近づける。

明らかに何かを入れた、そうと分かる動作だった。

そしてその何かを入れた茶杯を皇后の前に置いた。

「皇后様、はい、どうぞ」

秋麗はにっこりと微笑んでそう言った。

あまりのことに冬梅が眉根を寄せる。

「何を入れた？」

「あら？　何も入れていませんけど？　ねえ皇后様。私が注いだお茶、飲んでくださいますわよね？　何も怖くはないのでしょう？　大丈夫ですわよ。私、お茶に毒なんて入れませんもの。私の言葉、信用してくださいますわよね？　だって、皇后様は先ほど、そう仰っていたではありませんか。人が淹れたお茶を飲むのが恐ろしくないのでしょう？　まあ、皇后様も己の振る舞いを改めるというのでしたら、無理して飲まなくても」

と勝ち誇った顔でとうとう秋麗が語り出したところで、采夏は出された茶杯を口につけて傾けた。

「の、飲んだのですか⁉」

そう驚きの声をあげたのは、冬梅だ。思わず椅子から立ち上がる。

「ちょっと！　何をやっているのよ!?」

お茶を勧めた当の本人までもが、驚愕《きょうがく》に顔を引《ひ》き攣《つ》らせた。

こくりこくりと喉を動かし、お茶を全て飲み切った采夏が茶杯を置く。

「まあ、皆様、どうしたのですか？　そんな驚いたような顔をして」

不思議そうに二人を見やる采夏に、玉芳が呆《あき》れのため息を落とした。

「そりゃ、驚くわよ！　一体何したかわかっているの？」

驚きのあまりすっかり侍女の振る舞いを忘れた玉芳が声を荒らげた。

「え？　何って、お茶を飲んだだけですけど……？」

「いやいやいやいや、さっき見ていたでしょ！　この女、茶杯に何か入れていたじゃない！　それを普通に飲む馬鹿いる!?」

侍女が風妃を『この女』、皇后を『馬鹿』呼ばわりしていたが、采夏の振る舞いに驚きすぎて玉芳を咎《とが》めるものはいなかった。

「ふふ、秋麗様は何も入れておりませんよ。何かを入れたふりをしただけなのでしょう」

穏やかに笑ってみせた采夏がそう言うと、玉芳と冬梅は秋麗に視線を移す。

「そうなのか？」

冬梅が問い詰めると、采夏の行動に固まっていた秋麗はどうにか正気を取り戻してふんと鼻で笑ってみせた。

「意外と、めざとい方なのですね。まさか、見破られていたなんて」

「いいえ、『見』破ったわけではありません。私の目にも何かを入れたように見えました。でも……お茶の香りを嗅いだら何も香らなかったので、何かを入れたふりをしただけなのだろうと分かりました」

「その、香りだけで分かるものなのですか？」

采夏の言葉に、冬梅が戸惑いながらも尋ねる。

「分かりますよ。みなさまもすぐに分かるようになります。陛下から、毒見なしでお茶を楽しむ許可を頂いたのは、私が飲む前に毒の有無を嗅ぎ分けることができるからです」

采夏は当然のようにそう言ったが、周りの反応はまちまちだった。

付き合いの長い玉芳は、なるほどといった具合に頷いたが、冬梅と秋麗はそんなの信じられないといった表情だ。

「……そんな嘘《うそ》、誰が信用しますか」

そう言ったのは秋麗。最終的に采夏の言葉を嘘と断じたようだ。

「嘘かどうかはともかく、皇后様の胆力には驚かされた。怖くはなかったのですか？　その……明らかに何かを入れたように見えたというのに」

冬梅は、何かを入れたかもしれないお茶を、なんの躊躇《ちゅうちょ》もなく飲んだ采夏に感心したようにそう言った。

「お茶の香りは嘘をつきません。何も入っていないと分かったのに、何を恐れることがあるのですか？　それに……せっかく秋麗風妃が入れてくださったお茶ですもの。私、人にお茶を振る舞うのは大好きですが、振る舞われるのも好きなのです。秋麗風妃、ありがとうございます」

采夏の心の底から感謝しているような晴れやかな顔に、秋麗は苦虫を嚙み潰したような顔をする。

正直、振る舞ったつもりはない。ただの嫌がらせだ。それをここまで感謝されると、やりにくい。

どうにか采夏の鼻を明かしてやりたい。その一心だった秋麗はふと思いついた。

「皇后様、実はご相談があるのです」

「相談？　なにかしら」

お茶を飲んで、気分が高揚していた采夏は楽しそうに尋ねる。

「陛下が、私を夜に呼んでくださらないの」

「まあ、陛下が……」

そう答えながら、采夏は少し嫌な感じがした。

何が嫌なのか、まだはっきりと言葉にはできない。でもこれからきっと嫌な気持ちになる。そう思わせる予感があった。

「ええ、そうなのです。ですが、それはおかしいことだと思いませんか？　この私を褥《しとね》に呼ばないなんて、あり得ません。皇后様が、皇帝陛下に我が儘《わまま》を仰っているのではないかと私、心配なのです」

「それは、つまり、皇后様が圧力をかけて、陛下が他の妃《きさき》を呼ばないようにさせていると？」

秋麗の言葉に、すかさず冬梅が不快そうに問い返した。

「あら、そうですわね。はっきりと申し上げると、そういうことですわね。初めてお会いした時、陛下から熱い視線を感じましたわ。まあ、私を一目見た男の方は皆様同じような顔をなさるけれど」

「ハッ、笑わせないでくれ。熱い視線？　そんなものを送っているようには見えなかったし、軽くあしらわれていたではないか。もう忘れたのか？」

冬梅の反論に、余裕の笑みを浮かべていた秋麗の表情が変わった。

「な、なんですって⁉」

「陛下も男だ。好みというものがある。褥に呼ばれないのは、自身の魅力のせいではないのかな」

「まあ、お前、冬梅花妃！　よくもそのようなことを！　私の魅力が足りないと言うの!?」

「足りないとまでは言っていない。ただ、陛下のお好みではないということ。実際、褥に呼ばれていないわけだしね」

秋麗はぐぬぬぬとばかりに唇を嚙《か》んで強く冬梅を睨《にら》みつけた。

「あ、あの、お二人とも落ち着きましょう。陛下には私の方からお話ししておきますから」

おろおろと采夏が横から口をだした。

「お話？　一体なんの話をするつもりなのかしら。有る事無い事吹き込んでもらっては困るのですわ、皇后様」

「皇后様はそのようなことをする方ではない。秋麗風妃と違ってね」

「お前……！」

「お、お二人とも……！」

そう言って、采夏が手を伸ばそうとした時だった。ちょうどその手が茶杯に当たり……。

──ガチャン
乾いた音を立てて茶杯が卓から落ちた。

そしてその衝撃で茶杯は割れてしまった。

硬いものが割れる硬質な音に、言い争いをしていた二人も静まり返る。

采夏は、割れた茶杯を呆然《ぼうぜん》と見下ろした。

自分の不注意で、茶器を割るのは久しぶりのことだった。

茶葉や茶器、お茶に関するものが近くにあるときは、いつでもそれらに集中できた。不注意で落とすことなど、あり得ないのだ。

しかし、黒瑛《こくえい》の話題が上った時、采夏は確かに冷静ではいられなかった。

黒瑛は、采夏にとって特別だ。今までお茶にばかりかまけていた采夏の人生に、突如としてやってきた特別な男性なのだ。

「ああ、皇后様、大丈夫ですか？　お怪我《けが》は？」

玉芳の言葉に采夏はハッとしてにこりと笑ってみせた。

「……怪我はありません」

顔は笑っているが、采夏の声に力はない。そして顔を上げて二人の妃を見た。

「秋麗風妃のお話はわかりました。陛下が、他の妃を褥に呼ばないのは問題ですね。ここは後宮。皇帝の御子《みこ》を産み育てる場所。皇后が普通の女のように、夫を縛ることはできないのですから」

采夏は静かにそう言った。そして視線をついと冬梅に移す。

「もしかして冬梅花妃のことも、陛下はお呼びにならないのでしょうか？」

心配そうに采夏が尋ねると、冬梅は困ったような笑みを浮かべてから頷《うなず》いた。

「ええ、まあ、そうですね。ですが、私の場合は、この格好のせいかと思っていますし、べつに呼ばれなくても問題はないので」

「いいえ、いけません。陛下が他の妃を呼ばないという事態は、皇后として放置してはいけない問題です。私の配慮が足りませんでした。……他の妃様方をお呼びするように陛下には私の方から申しあげておきます」

采夏は努めて冷静に、穏やかに聞こえるようにそう言った。

「……まあ、それなら良《い》いですけれど」

なんとなく決まりが悪そうに、秋麗は答える。

普通の女のように、夫を独占することはできない。そんなこと、分かっているつもりだったのに。

（……自分で口にして自分で傷つくなんて、おかしいわね）

玉芳が割れた茶杯のかけらを集めている様を、なんとも言えない複雑な思いで、采夏は見下ろしたのだった。

※

采夏は黒瑛に呼ばれ、彼の私室でお茶を淹《い》れていた。夜もすっかり更けて二人きりの静かな時間に、お茶の爽やかな香りが漂う。

「やはり采夏と飲む茶はうまいな。体の疲れが飛んでいく」

「今日のお茶は、今年の後宮妃茶《こうきゅうひちゃ》です」

「ああ、皇后の茶畑のか。多くは他国との貿易に使っているから、貴重だな」

そう言って黒瑛は優しい笑みを落とした。

後宮で育てられている茶については、『後宮妃茶』と銘を打った。

そのほとんどが他国との交易に出すものなので、自国には回らない。

とはいえ、作り手本人の采夏はちゃんと自分の分は確保している。

「それにしても、龍井茶《ロンジンチャ》と同じ茶木を移植したとおもったが、龍井茶とはまた違う味わいだ。根が同じでも育てた環境の違いで変わってくるってことか？」

「そうですね、お茶は環境によって味を大きく変えますから」

「そうか……龍井茶ほどの香りの高さは正直ないが、悪くない。淹れ手が一流だから、何を飲んでも美味《おい》しく感じるだけかもしれんが」

「ふふ、気に入っていただけて嬉《うれ》しいです。良ければ、もう一煎」

そう言って、うきうきと湯を注ごうとする采夏の手に黒瑛はやんわりと手を重ねる。

「もちろん飲ませてもらうが、今は少し横になりたい」

「では、横になれるように寝台の準備を……」

「いや、ここでいい。采夏は俺の隣に来てくれ」

と言って黒瑛は、自身のすぐ横をとんとんと叩《たた》く。

黒瑛が座っているのは、下に綿をぎっしりと敷き詰めたシルク張りの赤い長椅子だ。隣に采夏が座ろうと十分な余裕がある。

采夏は黒瑛に誘われるまま隣に腰掛けると、その膝の上に黒瑛の頭が載った。

いわゆる膝枕というやつだった。

「ここが一番落ち着く。それに采夏もこれならこのまま茶を飲めるだろ」

「まあ、陛下ったら……」

素直に甘えてくる黒瑛に、采夏の中になんともいえない甘い感覚が湧き上がる。だが……。

『陛下が、私を夜に呼んでくださらないの』

甘く幸せな心地は、ふと浮かんだ秋麗の言葉によって散っていった。

このまま、黒瑛とのひと時を大事にしたい。だが、それだけではダメなのだ。皇后なのだから。

「陛下……少しご相談したいことがありまして、他の妃の方々のことで」

采夏がそう切り出すと、黒瑛はああと頷いて言葉を続けた。

「東州の土砂災害の件か。冬梅花妃には申し訳ないが、今のところ打つ手がないのだ」

黒瑛から返ってきた言葉は采夏が聞きたいこととは別の話題だった。

だが、それも話しておきたかったことの一つ。采夏は曖昧に頷いた。

「そ、そうなのですか……。冬梅花妃が、気にかけておいででした」

「だろうな……。このまま別の地域へ移住させることも考えたが、安吉村《あんきつむら》の者達は、元の場所での生活を望んでいる。先祖達の墓がそちらにあるからな、置いていけないのだろう。まあ、だが、時間はかかるかもしれないがなんとかしたいとは思っている。冬梅花妃にもそのように伝えておいてくれ」

「はい。ありがとうございます、陛下。それで、あの、もう一つお伝えしたいことが……」

「もう一つ？　さてはまた気になる茶葉でも見つけたのか？　まあ、采夏の願いなら、無理にでも取り寄せて……」

「いえ、その、お茶のことではなくて……」

珍しく言い淀《よど》む采夏に、すっかりくつろいだ様子だった黒瑛は片眉をあげた。

黒瑛の眼差《まなざ》しを受けながら、采夏は口を開く。

「他のお妃様をお呼びになってはいかがかと……」

采夏の言葉を聞いて、黒瑛は大きく目を見開いた。

そしてゆっくりと体を起こすと、采夏と向き合う。

「他の妃を褥に呼べ、ということか？」

そう確認する黒瑛の声はいつもよりも低かった。

戸惑っているからか怒っているからか、采夏には判別できないが、黒瑛と目を合わせるのが恐ろしく感じて瞳を伏せた。

「はい。その、陛下は立派なお茶飲みなので、お茶が飲みたくて私を呼んでくださるのは分かりますけれど、ここは陛下の後宮です。他の妃様のことも呼んでいただかないと……」

「俺が、茶が飲みたいがためだけに采夏と一緒にいると思っているのか？」

その声は明らかに怒気を含んでいるように聞こえた。

采夏がハッとして顔を上げるとすぐ近くに、黒瑛の顔がある。

声は怒っているように聞こえたが、見上げた顔は切なげだった。傷ついたような表情と言えば良いのだろうか。

その顔を見て、申し訳ない気持ちが湧き上がる。だが、采夏は皇后だ。ここで引くわけにはいかない。

「……ですが、ここは後宮で、私は皇后です。陛下の世継ぎが早くお生まれになるように、努めなくてはいけません。後宮は、陛下の世継ぎを産むための場所。私達は……その後宮に勤める臣下なのですから」

　采夏が黒瑛に負けじと言い募る。

　采夏と黒瑛の間には、未《ま》だ子供ができていない。だが、できたとしても、たくさんの子が必要な黒瑛は、他の妃《きさき》との間にも子を設けなければならない。

　采夏はお茶さえ関わらなければ、皇后にしては可哀想《かわいそう》なほどに常識的だ。皇后がどういう存在であるかも分かっている。

「采夏、俺は、俺が欲しいのは……」

　黒瑛の顔に戸惑いの表情が浮かぶ。

　こんなことを言われるとは思わなかったと、その顔が語っている。

　しばらく、驚きと戸惑いの眼差しで采夏を見ていた黒瑛だったが、ふと瞳を閉じた。

「……わかった。考えておく」

　黒瑛は観念したようにそう言った。

　采夏の中で、黒瑛が自分の言葉を聞いてくれた安堵《あんど》、しかしそれ以上に言葉にならない侘《わび》しさが燻《くすぶ》った。

（陛下の前にいると、いつもの私ではいられない時がある……）

　普段の采夏は、正直なところあまり思い悩むことがない。

　どんな悩みも、お茶さえ飲めればなんてことないと思えるからだ。

　だが、黒瑛に関しては、そんな風に思えない自分に自分のことながら戸惑う。

（陛下から茶畑をもらって、皇后になって……一緒にお茶を飲んでいられることが嬉しかった。それだけで良いと思っていたのに、どんどん欲張りになってきている……）

采夏は戸惑いの気持ちを隠すように、蓋碗《がいわん》を口につける。

口に含んだ後宮妃茶が、心なしか先ほど飲んだ時よりも苦く感じた。

※

黒瑛は他の三人の妃達をたまにではあるが褥《しとね》に呼ぶようになった。

自分からそう促したはずなのに、采夏は自分以外の誰かが黒瑛とともに過ごすのだと思うと、その度にちくりと胸が痛む。

そんなある日、皇太后に呼ばれた。

「東州の水害のことはご存じよね？　そのことで、貴女《あなた》に関わる良くない噂《うわさ》が流布されているのよ」

皇太后は、椅子にゆったりと座りながら疲れた顔でそう言った。

「良くない噂でございますか？」

「あの水害は皇后のせいだと言われているみたいで」

「私の、でございますか？」

寝耳に水だった。

驚きで目を見開くと皇太后が話を続ける。

「そうなのよ。お茶好きだというだけで、金遣いの荒い傲慢で我儘《わがまま》な皇后だと思っている民がいてね。おそらく今回の噂もそこから出たのだと思うわ。傲慢な女が皇后についているがために、天がお怒りになって水害を起こしたという話が広まっているのよ」

「そんな……」

同情的な眼差しを向けて皇太后が采夏の驚きに寄り添う。

采夏は確かに後宮でお茶を嗜《たしな》んでいるが、飲んでいるお茶にはもともと後宮用に配布された茶葉を使用しているのみ。

しかも青国の茶葉は長持ちする。一人分の茶葉で何煎か淹れるのが普通だ。采夏も一回の茶葉で、二十煎近くは楽しむ。

それに采夏は宝石や装飾品類にはそれほど執着がない。歴代の皇后に比べればむしろ質素に暮らしていた。

「……お茶というのがいけないのですね。お茶は高級品です。昔から、お茶の虜《とりこ》になったものは財産をなくすと言われていますから」

「その通りよ。だけど私は、貴女のことを民が思うような傲慢な者だとは思っていない。黒瑛には貴女が必要よ。だから、この噂を払拭させたいの」

「何かお考えがあるのですか？」

「ええ。ありきたりではあるけれど、被災民に対する寄付と炊き出しを行おうと思っているの。貴女の名のもとにね」

「寄付と炊き出し……炊き出しというのは、都に移ってきた東州の民に対する炊き出しですね」

「その通り。施しを行うことで、皇后の徳を高めましょう」

皇太后の言葉に采夏は頷《うなず》いた。

早い方がいいということで、采夏は早速準備を進める。

数日後には、都に移ってきた東州の被災民に対する炊き出しを行うに至った。

青禁城《せいきんじょう》の南門を開放し、その側の開けた地に東屋《あずまや》を建てた。足場は木で台を作り、屋根は布という簡易的なものだ。

その東屋の屋根の下には被災民に配るための麺麭《めんぽう》が山のように載った皿が何皿も並び、そしておおきな寸胴鍋が五つ。

鍋は火にかけた状態で、芋入りの粥《かゆ》がぐつぐつと煮られていた。その前に被災民達が列をなしている。

たくさんの人々が集まっていた。

おそらく被災民だけではなく、都の者達もいる。

なにせ、今回の炊き出しは後宮に籠っているはずの皇后や妃達が自ら民の前に姿を現しての異例のもの。

傲慢でわがまま、そういう噂が流れる皇后を見に、都の者達が集まってきていた。

「それにしてもすごい人の数だ。それほど民は皇后様を気にされているということかな」

そう言ったのは冬梅だった。炊き出しのために集まった人々には見えぬように、東屋の中には衝立《ついたて》が立てられているのだが、その衝立から外の様子をこっそりと窺《うかが》い見ていた。

「そうですね。傲慢で我が儘な私を、というところでしょうけど」

近くにいた采夏が、元気のない声でそう応じると、冬梅が同情するような優しい眼差しを向けた。

「皇后様が姿を見せれば、変な噂などすぐに吹き飛びますよ」

「まったく！　どうして、私までこんなところに来なくてはならないのかしら。はあもう暑いったら」

奥の椅子にふんぞり返りながら座り、不満そうに言うのは秋麗風妃だ。

「しかし自ら姿を見せて炊き出しを施すというのは、危険ははらみますが妙案ですね。傲慢でわがままという皇后像も、実際に皇后様を見ていないから想像が膨らみ流れていくのです。民のために手ずから炊き出しを行う姿を見せれば印象はおおきくかわるでしょうし」

そう励ますように言ったのは、燕春だ。燕春の励ましに応えるように采夏はどうにか笑みを浮かべた。

「そうであるといいのですが……」

どこか元気のない笑みを浮かべる皇后に、冬梅は徐《おもむろ》に頭を下げた。

「皇后様、この度は、東州の民のことでお手を煩わせ申し訳ありませんでした」

采夏は慌てて首を振った。

「謝ることなんて……」

「いいえ、謝らせてください。でないと、気持ちが収らない。……皇后様の慈悲深さに感謝申し上げます」

「皇后様、私の同胞達のためにありがとうございます」

隣にいた冬梅の侍女、小鈴も頭を下げた。

「皇后様、もう準備は整ったようです。最初の一杯は皇后様自らの手で」

そう言って、玉芳が粥を掬《すく》うための杓子《しゃくし》を差し出した。

采夏はそれを受け取ると、衝立から出て五つある鍋の中央の鍋に向かう。

初めて見るであろう采夏の姿に、民達から声が上がるが具体的に何を言っているかは聞き取れない。

「お待たせしました。ささやかではありますが、温かな恵を。みなさまが故郷に戻れますよう、尽力いたしますわ。天と皇帝陛下に感謝を」

采夏は挨拶を終えると、早速とばかりに粥に杓子を入れようとした。だが、寸前のところで手が止まった。

「音が、おかしいわ」

そういって、眉根を寄せる。視線の先は、鍋に入っている粥。

「どうかされましたか」

そばにいた宦官《かんがん》が不思議そうに尋ねる。

「鍋の周りにいる人達を遠ざけてくれますか？　怪我《けが》をするかもしれない」

「怪我……？」

戸惑うようにそう聞き返す宦官に、采夏は鋭い視線を向ける。

「急いで！」

強い口調で言われて、宦官は「は、はい！」と返事をすると慌てて鍋の近くで並ぶ民達の前に降りる。

他の宦官達も同じように前にでて、「少し離れてくれ！」と声をかけながら、鍋から少し遠ざけた。

粥をもらいにきた民達は、なんだなんだと戸惑いながらも押しやられる形で後ろに下がる。

「何故《なぜ》下がらないといけねえんだ！　俺たちは飯をもらいに朝からここに並んでいたんだぞ！」

と言う中年の男の声を皮切りにして、不満の声が上がった。

「ケチ！　粥を渡さない気なんだ！」

と幼い子供までもが、声を張り上げていた。

しかし采夏はそれらの声を無視して、民を鍋から離した。

そしてある程度、民が鍋から離れると采夏もそこから離れる。

「何か、長い棒のようなもので鍋の中をついて。必ず鍋から距離はとって、身を守るものもあった方がいい」

采夏の指示に、訝《いぶか》しげな表情を浮かべるも、指示の通りに宦官の一人が盾と竹槍《たけやり》を持ってきた。

宦官は鍋から離れたところで台に上り、竹槍を粥に差し込む。すると……。

——ドン。

凄《すさ》まじい音とともに、鍋の中の粥が跳ね上がった。

飛び跳ねた粥は、先ほどまで民がいた場所にまで飛び散っていた。

直前まで火にかけていた粥だ。人が火傷《やけど》を負うには十分な熱がある。

あのまま人がいたら、その場にいた者達は飛び散った粥で火傷をしていただろう。

「これは……どういうことだ!? 砲弾でも飛んできたのか!?」

冬梅が叫ぶ。

「砲弾……？　そんなもの、飛んできているようには見えなかったわ……」

恐怖で顔を引き攣《ひ》《つ》らせながら、秋麗がそう返す。

「だが……では一体何が起きたというんだ……」

誰の目から見ても何かが飛んできたようではなく、鍋の中の粥が突然音を鳴らして飛散した、としか言いようがない状況だった。

「皇后様、これは一体……」

こうなることを予見していたかのような采夏に、燕春がそう尋ねる。

皇后は、青い顔をしながら頷いた。

「これは、突沸です」

「突沸……？」

「粥のような粘度のあるものを混ぜずに火にかけ続けると、まれにこのようなことが起きるのです。うまく熱を逃しきれなかったものが鍋の中に留まり、何か衝撃を加えることで爆散する現象です」

「そんなことが……」

燕春は、粥の飛び散った鍋を見て絶句した。

もし采夏が気づかなければ、この場はまさしく地獄絵図になっていただろう。炊き出しを求めてやってきた民は火傷を負い、そしてもちろん采夏自身も無事ではなかった。

「この鍋を担当していた者は誰だ？　いや、その前に他の鍋は大丈夫なのか？」

「他の鍋は大丈夫そう」

そう言って采夏はいつの間にか別の鍋に杓子を入れていた。

「こ、こ、皇后様……！　危険です、すぐに退いてください！」

自ら無防備にも他の鍋に近づく皇后に、燕春は目を見開く。

「大丈夫よ。他の鍋は問題ないわ。……きっとあの鍋だけかき混ぜるのが足りなかったのね。これなら炊き出しを続けられそうだわ」

あっけらかんと答える采夏に、燕春はまたしても絶句した。

「そんな、皇后様！　危険です！」

自らが率先して粥が爆散しないか確認しているように見える皇后に、燕春は悲鳴に近い声を上げた。隣にいた冬梅も青い顔で頷く。

「そうです。もしあのまま皇后様が気づかなかったら……」

周りの者達も火傷をしただろうが、粥を掬おうとしていた皇后が一番危なかった。場合によっては命を落としていた可能性もある。

「気づけたのだから、問題ないわ。溢《あふ》れてしまった粥はもったいないけれど。それよりも、集まってくれた皆さんをお待たせするわけにはいかない」

皇后は顔をあげた。そこにいるのは、怪我こそしなかったものの、突然の轟音《ごうおん》に驚き戸惑っている民達だ。

その視線を受け止めながら、采夏は何事もなかったかのように椀《わん》に粥を掬って流し入れる。

「さあ、お待たせしました！　お粥を一番に手に取ってくれるのはどなたかしら？」

そう言って粥の入った椀を掲げる。

呆然《ぼうぜん》としていた被災民達だったが、皇后の朗らかな物言いに落ち着いてきたようだ。

顔つきが穏やかなものになっていき、その中から小さな子供が前に進み出た。

だが前に出たものの、おずおずとした様子の子供に采夏は微笑《ほほえ》みかける。

「怪我はなかった？」

「うん……。僕達を守ってくれたんだよね？　さっきはケチとか、ひどいことを言ってごめんなさい。感謝します」

どうやら先程、鍋から民を下がらせた時に、暴言を吐いた子供だったらしい。

しおらしい様子に皇后は優しく微笑んだ。

「怪我がなくて良かったわ」

そう言って采夏は子供に粥と麺麭《めんぽう》を差し出す。

それを皮切りにして、我も我もと被災民達が前に出てきた。

一時はどうなることかと思ったが、何事もなく終わりそうである。

采夏はほっと胸を撫《な》で下《お》ろした。


そうして東州の民への炊き出しは順調に進み、問題なく終えた。

采夏だけでなく、皇后に倣って他の妃達《きさき》も麺麭を運んだり粥を器に入れたりと、炊き出しの手伝いに奔走してくれた。慣れないことをして疲れたであろう妃達を労《ねぎら》うために、采夏は自身の宮である雅陵殿《がりょうでん》に誘う。疲れを癒《いや》す一杯を振る舞うためだ。

いつもは采夏のお茶の誘いを断ってくる秋麗も、その時ばかりは応じてくれた。

今日のお茶は、龍井茶だ。今年も、龍井茶が皇帝献上茶に選ばれた。

(陛下は、よほど龍井茶がお好きなのね)

采夏は香り高いお茶を前に、愛《いと》しい人を思い浮かべて思わず笑みを作った。

「まったく、皇后様には驚かされることばかりだ」

采夏が龍井茶の甘みに体の疲れを癒していると、そう声をかけられた。

困ったような笑みを浮かべる冬梅だ。

「私もヒヤヒヤしました……。皇后様ったら、鍋の中身が飛び散った後に、普通に他の鍋も見てまわってしまうのだもの」

燕春はいまだ顔色が悪い。それほどに采夏のことを心配したのだろう。

「でも、おかしいですわ」

鋭い声が飛んできた。秋麗だ。秋麗は茶会に参加したというのに、采夏のお茶には一口も口をつけていなかった。

その秋麗は不満そうに口を開く。

「随分と皇后様にとって都合が良すぎるのではないかしら？　東州の水害は皇后の不徳のせいだと言われていて、実際皇后様に対する彼らの視線は厳しかったわ。でも、先程の出来事のおかげで、もう誰もそんなこと思ってないみたい。いいえ、むしろ危険を予見して守ってくれた皇后様に尊敬のような気持ちを持ち始めていたように見えましたわ」

ねっとりとまとわりつくような言い方だった。

それに苛立《いらだ》ったのか、冬梅が不快そうに片眉をあげた。

「何が言いたいのだ、秋麗風妃」

「気を悪くしないで欲しいのですけれど、はっきりと申し上げたら、全て皇后様が仕組んだことなのではないかしらって、そう少し思っただけなの」

にっこりと綺麗《きれい》な笑みを浮かべる秋麗に、燕春がめくじらをたてる。

「皇后様がわざとそのようなことをするなんてあり得ません」

「まあ、あり得ないだなんて、どうしてそう思えるのかしら。だって、不自然でしょう？　私の目には、あの芋粥《いもがゆ》に変なところがあるようには見えなかったわ。でも、皇后様は鍋の中身が飛び散ると事前に気づけた、どうして分かったのかしら。不思議ですわねぇ」

「それは……」

と燕春が口籠る。燕春も、確かに何故皇后が分かったのか気になっていた。

窺《うかが》うように采夏を見ると、采夏はなんでもないように笑みを浮かべていた。

「気づけたのは、音のおかげです」

「……音？」

「おいしいお茶を淹《い》れるためには、湯温が大事な要素の一つなのは皆様もご存じかと思いますが、あ、もちろん湯温だけでなく、様々な要素が大事です。茶葉の品質はもちろん水の質や……」

ウキウキとした様子でお茶の話が始まった。

突然始まったお茶談義。妃達があっけに取られた表情で采夏を見る中、采夏の奇行に慣れている玉芳が後ろからそっと耳打ちする。

「皇后様、止まって、止まって。今その話はしていませんので」

「あ、ごめんなさい。つい……。こう、お茶の話になると……」

と頰を赤く染めた采夏は照れたような素振りを見せる。

「すみません。えーっと、そうでした。音の話でしたね。湯温を測るのに、私は湯の沸く音を頼りにしているのです。湯が沸いてくると、ふつふつと気泡が抜ける音がしますよね？　その音の鳴り方で、お茶に最適な湯温がわかります。それは、他の飲み物や羹《あつもの》にしても同じこと。粥《かゆ》も火にかければ熱を帯びてぶくぶくと気泡が抜ける音がします。……ですが、あの時の粥には、それがありませんでした。つまり、粥の底に、熱や気泡が閉じ込められていた状態です。そこに少しの衝撃を加えると……」

「あの時、粥が爆散したように、あたりに勢いよく飛び散るのか」

采夏の言葉を冬梅が継いだ。采夏は軽くうなずく。

「その通りです。抑え込まれていたものが一気に飛び散ってしまうのです」

「他の鍋が問題ないと断じたのは、粥が泡立っていたからですか？」

燕春の質問に采夏はまた軽く頷《うなず》いて肯定を示した。

「いや、皇后様には驚かされてばかりだ。これほど聡明《そうめい》な方だったとは。感服いたしました。皇后様が気づいてくださったおかげで、東州の民も傷を負わずに済んだ。東州を代表して感謝申し上げます」

と冬梅は感心したように言って笑みを深めた。

どこぞの貴公子のような微笑みに、近くで待機していた宮女から、うっとりしたようなため息が聞こえる。

「そんな、それほどのことではありませんよ。冬梅花妃も、お茶の湯を沸かす際はお気をつけてくださいませ。湯を沸かすだけでは滅多に突沸は起こりませんが、バター茶など、お茶の中に何かを入れて鍋で温める際は注意しなくてはなりません」

にこにこと応じる采夏の隣で、「普通のお妃様は、自分でお茶を淹《い》れることはないので無駄な心配です……」と玉芳が疲れた顔で小さく嘆いた。

そして女官達を一瞬にして虜《とりこ》にした冬梅はその瞳を鋭くして、秋麗を見やった。

「突沸に気づけたのには理由があった。秋麗風妃、これでお前の浅はかな疑問は晴れたかな？　であれば、あろうことか皇后様に疑いを向けた不敬について謝罪するべきでは？」

冬梅の視線を受けて、秋麗は悔しそうに目を細めた。

「……どうかしら。確かに粥が爆散することを事前に察知する方法があるのは分かったわ。でもそれが、皇后様が仕組んだということを否定できるものではないでしょう？」

二人の間に、火花が散るのが見えた気がして、思わず玉芳は「お、おお」と声を漏らした。

采夏と一緒にいると忘れがちだが、ここは後宮。妃同士がバッチバッチに争い合う女の戦場だ。

「そう、そうだった。後宮とはこういうところよ！」

何故《なぜ》か感動して思わず拳を握る玉芳である。

少し興奮している玉芳の元に、女官が一人やってきて耳打ちをした。

玉芳はハッと目を見開き、それからおずおずと椅子に座る采夏の前に跪《ひざまず》く。

口論をしていた冬梅花妃も秋麗風妃も玉芳に視線を移した。

「皇后様、先程の中の粥が爆散した鍋についてご報告です。どうやら事前の準備において伝達がうまくいかず、あの鍋だけ粥をかき混ぜるものが不在だったようなのです」

「まあ、そうだったの」

「もっと詳しく調べさせますか？」

「もういいわ。ありがとう。結果としては、特に何も問題なかったのだもの。これで終わりにしましょう」

采夏は呑気《のんき》にそう言うと、また一口お茶を飲んだ。

「でも、皇后様……」

燕春が何事か言おうとした時、秋麗の大きなため息に遮られた。

「本当に皇后様ったらおめでたい方。もっと徹底的に調べるべきでは？　ああ、でもあまり調べられると困ることがあるのかもしれませんわね？」

美しい顔に浮かぶ意地悪な笑み。

「秋麗風妃、良《い》い加減にしないか」

冬梅の少し低い鋭い声が飛ぶ。明らかに怒気が含まれた声色だ。美形の睨《にら》みは凄《すご》みがある。玉芳などは自分が睨まれたわけでもないのに思わず震え上がったが、秋麗は怯《ひる》まない。

「まったく冬梅花妃ったら、皇后様のご機嫌取りにお忙しいこと」

と馬鹿にしたように笑って、また二人の口論が再開した。

采夏は二人が元気よく言い合う様子を眺めながらのほほんとお茶を飲んでいた。

「お二人とも、とても元気ね。たくさん喋《しゃべ》ると喉が渇いてお茶がより美味《おい》しく感じられます。お二人ともよく分かっていらっしゃるわ」

などといつも通りのお茶中心の思考回路で言葉を紡ぐ。

そんな采夏を玉芳がいつも通り呆《あき》れたように眺めた。

そしていつもなら燕春がお茶に夢中な采夏の尊さにニマニマと微笑むところ、なのだが、今は暗い表情を浮かべている。

先程采夏に言いかけて、秋麗に遮られた言葉が燕春の胸をざらつかせていた。

皇后は、結果として怪我人《けが》もいなかったので問題ないと思っているが、とても恐ろしいことのように燕春は感じていた。

もし、自分で気づかなかったら、采夏はあのまま熱い粥を頭からかぶることになって大怪我をしていただろう。

それは、鍋の近くの被災民達も同様だ。

東州の水害は皇后のせいだという根も歯もない噂《うわさ》が広まったこの時期に、もし皇后の名を冠した慈善活動で怪我人でも出たとなれば、どんなことになっていたか。

燕春は、これは誰かが皇后を貶《おとし》めるために企《たくら》んだことのように思えて仕方がなかった。

※

初めての炊き出しが終わり、他の妃達へのねぎらいのために開いた茶会も幕を閉じ、采夏は一人、自身の宮である雅陵殿で椅子に凭《もた》れて座りながら、ぼーっと天井を見ていた。

皇后の宮である雅陵殿の天井は鮮やかだ。小さな正方形の枠の中に青緑で水藻紋様を描いた格子状の天井は、実に精緻である。

この豪奢《ごうしゃ》な天井を見ると、改めて自分の置かれた立場、皇后であることを思い出さずにはいられない。

(今まで気にならなかったけれど、天井が近いのかしら。なんだか、少しだけ息苦しい)

ぼーっとしながらそんなことを思っていると、慌ただしい足音が聞こえてきた。この軽い足音は、玉芳だろう。

「皇后様、お疲れのところすみません」

玉芳が遠慮がちに声をかけてきて、采夏は姿勢を正す。

「どうかしたのですか？」

慌てている様子を見てそう尋ねると、その玉芳の後ろからひょいと思ってもみなかった人物が顔を出した。黒瑛だ。

「采夏、大丈夫なのか？」

「陛下、少しお待ちくださいと申し上げましたのに」

恨めしそうに言う玉芳の声が聞こえたが、黒瑛は構わず采夏のもとへ。

「陛下……！」

采夏はそう言って、黒瑛の急な来訪に戸惑いながらも椅子から立ち上がった。

黒瑛が采夏のところに来てくれるのは、久しぶりだった。采夏が、他の妃《きさき》を褥《しとね》に呼ぶことを提案したあの日以来。

「報告をきいたぞ。なんでも粥が爆散したとか」

采夏の手を取った黒瑛は、どこか怪我したところはないか確認するように采夏をじっと見た。

突沸の件を聞いた黒瑛が、采夏を心配してきてくれたようである。

先ほどまで、沈んでいた心が少しだけ浮き足立った。

「はい、怪我はございません」

「そうか？　だが、あまり顔色が良くないような……」

「慣れないことをしましたので、少し疲れが出たようです。ですが、お茶を飲んで一晩寝れば、大丈夫ですよ」

そう言って微笑《ほほえ》んで見せれば黒瑛は頷き、采夏を椅子に座らせた。そして自身も采夏の隣に用意させた椅子に座る。采夏の手は握ったまま。

大切に気遣うような黒瑛のぬくもりが、とても心地いい。

「報告を聞いて、肝を冷やした。無事なら良かった」

「誰も怪我人が出なかったので良かったです。あ、お茶を飲みますか？　今日はどのお茶にしましょうか。私がお勧めしたいのは黄山《こうざん》の」

「いや、今日はお茶は良い。采夏の様子を見に来ただけで……この後、予定があるんだ」

黒瑛のその言葉に、采夏は思うものがあった。女の勘とでもいうのだろうか、ピンときた。

先ほどまでのふわふわとした気持ちに、じわりじわりと影が差していくような心地がした。

「……他の妃様をお呼びの予定なのですね」

言うつもりはなかったのに、気づけばそう言葉にしていて言い終えてからすぐに後悔が押し寄せた。

「……ああ、その通りだ」

少し気まずそうな黒瑛の声に、采夏はごくりと唾を飲み込む。

黒瑛を責める資格がないのは百も承知なのに、微《かす》かに怒りのようなものが沸き上がるのを感じる。

(自分から言い出したことなのに……)

あまりにも身勝手な怒りに嫌になる。

「お忙しいところ、わざわざお越し頂いてありがとうございます。私はこの通り無事、怪我もありません。陛下は本当に、お優しいのですね」

采夏は、声にとげが含まれないよう慎重に、一言一言気を遣いながらそう言葉を紡ぐ。

それでもどこか責めるような口調になっていないか、気になって仕方ない。

「俺が優しいと感じるのは采夏だからだ。俺は誰にでも優しい男じゃない」

黒瑛に真っ直《ま》ぐ《す》目を見られながらそう言われ、采夏の胸がズキンと痛んだ。黒瑛の言葉を嬉《うれ》しいと思うのと同じぐらい、どうしようもない負の感情が湧き立つのを感じる。

でも、この後、他の妃のところに行くのでしょう?

そう責めてしまいそうな言葉が喉から出かかって、どうにか采夏は押し込めた。黒瑛に悟られぬように笑みを浮かべてみせる。

何故、怒りなど湧くのだろう。どうかしている。そうさせたのは、自分自身だというのに。

ふと采夏は目線を上に向ける。豪華な天井が目に入った。
（やはり天井が、近い気がするわ）
とても、息苦しかった。

# 第二章　采夏は秋麗に白いお茶を見る

「秋麗風妃《しゅうれいふうひ》様、おめでとうございます。本日も陛下からお呼びがございましたわ！」

侍女からその報告を受けて、秋麗は羽扇で隠した口元をわずかに引きつらせた。

皇帝からの呼び出しはこれで五回目だ。

秋麗に仕える侍女らは、「最近はお呼び出しが増えてきましたね」「さすがは秋麗風妃様です」「これほどの美しさですもの、当然と言えば当然ですわ」などと口々に秋麗を賞賛した。

ここにいる侍女らは、西州《さいしゅう》から連れてきた者達だ。

秋麗と付き合いが長い分、秋麗を喜ばせる言葉を誰よりも知っている。

彼女らの言葉に秋麗は気をよくしかけたが……。

「これなら、誰よりも早く御子を産むことができますわ」

という侍女の一人の言葉に、思わず秋麗は片眉をピクリとあげた。

虚を衝《つ》かれたり、良くないことがあったりしたときに思わずしてしまう秋麗の癖だ。

扇のおかげで周りに悟られることはないだろうが、秋麗は軽く辺りを見渡してから改めて笑顔を作り直した。

確かにこれだけ夜の呼び出しが増えれば、周りのものは世継ぎを期待するだろう。その気持ちはわかる。

だが、現時点では秋麗が皇帝、黒瑛《こくえい》の世継ぎを産む可能性は少しもない。というのも、これまで四回ほど呼び出されてはいるが、どの日も寝所を共にしていなかった。

(あり得ないわ……。あの屈辱、思い出すだけでも、腹立たしい)

秋麗が皇后采夏《さいか》に、他の妃が皇帝に呼ばれないことについて文句を付けた後ほどなくして、皇帝から食事の誘いがあった。つまりは夜もともに過ごすという呼び出しである。秋麗は舞い上がった。

秋麗はその日念入りに体を磨きに磨いて、皇帝の元にやってきたのだ。

だというのに、食事を終えていざ寝所にとなったところで、皇帝は秋麗にこう言った。

『この部屋は自由に使ってくれ。俺はまだ仕事があるから失礼する』

そう言って、皇帝は美しく着飾った秋麗を寝所に一人置いていったのである。

最初は、そのうち戻ってくるのかと思っていたが、結局朝になっても戻ってこなかった。

ひどい侮辱を受けたと憤る気持ちもあったが、相手は皇帝であるのでその気持ちをぶつけられるはずもなく。

自分に起こったことが信じられない思いで、秋麗は自身の宮に戻った。

そこでは侍女達が、おめでとうございますー！と嬉々《きき》とした声をあげて秋麗を迎えて体を労《いたわ》ってくれた。

何もなかったなどと言えるわけもなかった。

そしてしばらくして二回目の呼び出しを受けた。皇后の名の下に行った炊き出しの後である。

その頃には、心の整理が少しはついていた。最初に何もなかったのはたまたま間が悪かっただけ。そう結論づけていた。

秋麗にはこの類い稀《まれ》な美貌がある。この美貌を前にして平伏《ひれふ》さない男がいるはずもない。たとえ、国の頂点である皇帝であろうともだ。

そう思って、挑んだ二回目の呼び出し。

結果は一回目と一緒だった。

食事を終えていよいよというところで、皇帝は去っていった。

あまりのことに、『ちょっと待ちなさいよ！』と言いたくなったが、やはり言えるはずもなく皇帝の背中を見送った。

そしてその後も数回呼び出されたが、結果は同じ。

これまでの苦い思い出を嚙《か》み締《し》めながら、秋麗は唇を引き結ぶ。

（今回は、今回こそ、陛下を射止めるわよ。きっと今までは、色気が足りなかったのよ。

きっとそう。もっともっと磨かないと……）

秋麗はそう思って、侍女の一人に、羊の乳と特別に取り寄せた薔薇《ばら》という香り高い花を用意するように命じた。

皇帝と会う時間までに、自分を仕上げなければならない。

そうして、秋麗は侍女に用意させた乳風呂に身を浸した。皇帝との夜を過ごすのだから、肌の滑り具合も良くしなくてはならない。乳には肌を滑らかに、しっとりとさせる効果がある。

そしてその乳風呂には、赤い薔薇の花びらが浮いていた。

香りづけである。見た目の華やかさに加え、薔薇の贅沢《ぜいたく》な芳香は秋麗の気持ちを上向かせた。

秋麗は体の手入れに満足すると、風呂から上がり、きれいにみがきあげた大きな銅鏡に自分を映した。

雪のように白い肌は、きめが細かくシミ一つない。蜂蜜を用いた軟膏《なんこう》を使って手入れをした髪は、わずかな光を反射して艶《つや》やかに輝いている。

そして、なんと言ってもこの完璧な体形だ。

秋麗は、理想の自分を求めて毎日体を鍛えている。

腹を鍛え、腕を鍛え、だが女性らしい柔らかな体形を維持するため鍛えすぎないように調整することも忘れない。

「そうよ、私はこれほどまでに美しい。皇帝陛下だって、すぐに陥落するわ」

そうでなくては困る。

化粧を施し、選び抜いた衣を着て、秋麗は皇帝の元にやってきた。

いつも通り食事から始まる。

このままいけばいつも通り解散になりそうな雰囲気だが、今日の秋麗の気合いはいつもとは違う。

秋麗は、その完璧な顔に憂いの表情を浮かべて、食事の途中で箸を置いた。

黒瑛はおやといった感じで顔を秋麗に向ける。

「どうした、体調でも悪いのか？」

気遣わしげに尋ねる黒瑛の瞳を、秋麗はじっと見つめた。

昔あった悲しかったことを思い出して、目に涙を溜《た》める。

今にも泣き出しそうな秋麗の様子に、黒瑛はギョッとした。

「な、泣いているのか？」

狼狽《ろうばい》した様子の黒瑛を見て、秋麗は内心ニヤリと笑って、瞳を伏せた。溜めた涙が頬を伝う。

「申し訳ありません、陛下。泣くつもりはなかったのです。でも……辛《つら》くて」

悩ましげに眉根を寄せて、黒瑛を上目遣いで見る。

秋麗、渾身《こんしん》の憂い顔だ。男がこういう頼りなげな女性の表情に弱いというのは知っている。

「お、落ち着け。何が辛いのだ？」

女の涙に弱いらしい黒瑛の顔に焦りが見える。あともう一息だ。

「そんなの、陛下が、私と一緒に過ごしてくださらないから以外にあると思いますか？……でも陛下のお気持ちは分かりますわ。私みたいな醜い女と一緒に過ごしてくださる気がないということですわね……」

そう言って嘆いてみせる。

少しも自分のことを醜いなどとは思っていないが、こう言うと大抵の男は『美しい』と返してくるのでここぞとばかりに使うのだ。

「醜いなどと、そんなことはない。そなたは美しい。……というか、悪い。秋麗風妃の気持ちを考えていなかったな」

黒瑛の殊勝な態度に、一瞬秋麗は目を丸くした。

黒瑛は皇帝。青国《せいこく》の頂点だ。この国で最も尊い存在。それが素直に、一介の妃《きさき》に普通に詫《わ》びてくるというのが、意外だった。

しかし驚いている場合ではない。今は千載一遇の機会。

相手が悪いと思っている今この時を狙って攻め入らねばならない。

「陛下、私を哀れな女と思うのでしたら、今夜はともに……」

右手を胸に当て、目を潤ませ、頬を染めて懇願する姿は実に可憐《かれん》であろう。銅鏡の前で何度も練習しているのだ。どれほどの威力のものなのか、秋麗自身が分かっている。

今日は、今日こそは黒瑛を逃さないという執念で、秋麗は目をうるうると潤ませ続けた。

肩を微《かす》かに震わせ、まっすぐ黒瑛だけを見る。

（さあ、抱きなさい！　この細く華奢《きゃしゃ》な身体《からだ》を抱きしめたくてうずうずしているのでしょう⁉　さあ！　さあ‼）

今すぐ早く抱きたまえ、と言わんばかりの強気な気持ちを少しも悟らせない可憐で儚《はかな》い表情を貼り付ける。

「……悪いが、采夏……皇后以外を抱く気はないんだ。それは、ゆくゆくは秋麗風妃のためにもなる」

黒瑛の口から出た言葉が何を言っているのかわからなくて、秋麗は思わず口をぽかんと開けた。

（は？　皇后以外抱かない？　というか、それが私のためって、何？　どういうこと？　意味がわからない）

しばらく理解できずに口を開けたままにしていたが、ハッとして慌てて秋麗は口を閉じた。

　そして再び目を潤ませてみる。

「そんな……先ほど、私がこの世で一番美しいとおっしゃっていたではありませんか」

「いや、一番とまでは言ってないはずだが……」

　思わず本心が漏れ出た秋麗の言葉に黒瑛が冷静に突っ込んだが、秋麗の勢いは止まらない。

「でも、美しいとおっしゃいました！　私の何が、皇后様におとるというのですか⁉」

　秋麗は美しい。ずっと美しいことにこだわり続けてきた。

　誰の目から見ても、皇后より己の方が美しいはずだ。

　そんな必死な秋麗を見て、黒瑛はわずかに目を見開いた。そして微かに笑みを作る。

「秋麗風妃は、人を愛したことがないのだな」

「はあ？」

　思ってもみなかったことを言われて秋麗から気の抜けた返事が漏れる。

「確かにそなたは美しい。皇后よりもそなたの方が美しいと評する者も多いだろうと思う。……だが、俺の目には、采夏が最も美しく見える」

　ここにきて、黒瑛は愛《いと》しげに目を細め、柔らかい笑みを浮かべた。

　黒瑛のそんな笑顔を見るのは、秋麗にとって初めてのことだった。

あろうことか胸が苦しく高鳴った。それほどに魅力的で優しい笑み。

その笑みは確かに今、秋麗に向けられている。

だが、それは、本当の意味で秋麗に向けられたものではないのだと身に染みて分かってしまう。

これは皇后に向けた笑み。皇帝が采夏のことを想《おも》って微笑《ほほえ》んでいるのだから。

秋麗は思わず、視線を外す。

悔しくてたまらなかった。

自分の何が足りないというのだろうか。これほど美しいのに。

ふと、幼い頃に言われた言葉が、蘇《よみがえ》った。

『綺麗《きれい》なだけのお人形ね』

そして、秋麗を馬鹿にしたように笑う周囲の声。

その声を振り払うように、秋麗は首を横に振ると膝の上に乗せていた拳を強く握る。

「……まあ、そうですの。陛下は一途《いちず》でいらして、皇后様が羨ましいですわ。ああ、それと、実は私も今日は少し気分が悪かったのです。寝所はいつも通り別々の方が助かりますわ」

秋麗はそう言って、かろうじて笑顔を作って見せた。

あくまで自分の体調不良故に寝所を別にしたいのだということにする。

自分が振られたという事実は、到底受け入れられるものではなかった。

※

青国に、西方の大使がやってきていた。

青国から遥《はる》か西方の国々とは、大きな交易街道を通って長年交易を行っている。

青国からは主に、絹と陶磁器、そして茶葉を出し、西方からは玻璃《はり》細工などの美術品や金、宝石類が青国に入る。

西方からの貴重な品々をこよなく愛していた秦漱石《しんそうせき》の時代により盛んになっていた。

その西方の大使が、青国にやってきたのは正式に実権を握った皇帝黒瑛への挨拶、という体ではあるが、実際は青国の現状の確認だ。

青国は、遊牧民との茶馬交易を復活させた。そのことを西方諸国は警戒している。というのも、今までと同じ水準で茶葉の輸出が可能なのかと心配しているからだ。もし、遊牧民への茶葉の輸出を優先させるつもりだとしたら、一言物申すつもりなのだろう。

黒瑛はそのことを分かった上で、西方の大使を歓迎した。

大使は西方特有の色素の薄い赤毛の御仁だった。和やかな笑みを湛《たた》えているが、時折若き皇帝黒瑛に鋭い視線を向ける。

黒瑛が、今まで通りの交易を約束すると言っても、相手はなかなか信用できないでいるようで表情は硬いままだった。

そのため黒瑛は仕方なく、後宮に連れてきた。

「ほう、ここが、有名なハレム……青国の後宮デスカ」

大使は感心したようにそう言うと好奇心で目を輝かせてあたりを見渡した。

後宮の中は、外朝とは違う優美さがある。庭には季節の花々が咲き誇って実に華やかだ。

「他国の大使をここに連れてきたのは初めてなのですよ」

ともにいた陸翔《りくしょう》がそう説明すると、大使は嬉《うれ》しそうに笑みをこぼして頷《うなず》いた。

特別な待遇を受けている、と分かってまんざらでもなさそうだった。

だが、すぐに鋭い視線を黒瑛に向けた。

「しかし、何故《なぜ》、私をこちらに招いてくださったのデスカ？」

特別な場所に入れてくれたのは分かるが、しかし、それと交易の件とはまた別だと言いたげだった。

「いや、直接見てもらった方が早いと思ってな」

不敵な笑みで黒瑛がそう答えると、長い足を動かして先を急ぐ。

大使はすこし訝《いぶか》しげな表情を浮かべるが、素直に後を追った。

そして、黒瑛がここだと言って、雅陵殿《がりょうでん》と書かれた門を入ると、そこで大使は大きく目を見開いた。

「これは……まさか全て、お茶、デスカ!?」

視界いっぱいに広がる茶畑に、大使は驚愕《きょうがく》の声を響かせる。

黒瑛は相手の不意をつけたことに満足そうに笑みを深めると、口を開いた。

「今、我が国ではお茶の生産に力を入れている。後宮内にて、茶畑を設けたのもその一つ。西方に送る茶葉についても、今まで通りの品質のものを送ることを約束しよう」

黒瑛の言葉を聞きながら、大使は心を奪われたかのように茶畑に見入っている。

「なんと、これほどまでの茶畑を城内に取り込まれるトハ！　これほどの茶畑、一体どなたが管理しているのデスカ？」

大使が未《いま》だ興奮冷めやらない様子でそう尋ねると、茶畑の方から一人の女性が現れた。采夏だ。

「こちらの茶畑は、私が管理しております」

美しい黒髪を丁寧に結い上げ、朱色の衣に黄色や桃色の花が刺繍《ししゅう》されている襦裙《じゅくん》を華やかに着ている采夏は、笑みを浮かべてそう答えた。

その姿を見て、黒瑛は内心ほっと息をついた。

采夏の要望で他の妃を呼ぶようになってから、少し気まずい雰囲気が流れ始めていた。

しかし今日は、大使を後宮の茶畑に案内したいという急な要望にも応えてくれたし、今の采夏は自慢の茶畑を紹介できることにうきうきしているように思える。

思わず黒瑛も嬉しくなって、頬が緩んだ。

「貴方《あなた》のような美しい方が、この茶畑を……？」

突然現れた美しい女性に、驚きで目を丸くする大使の声が聞こえてきた。

黒瑛の目から見ても最高に美しく、大使がうっとりするのも分かる。黒瑛は内心うんうんと頷いた。

「はい、龍井茶《ロンジンチャ》の茶木を植樹し、挿し木等もすることで数を増やしてまいりました」

「なんと……！　とても素晴らしいです！　貴方は、ここで働く、女性デスカ？　とても良い仕事デス！」

そう言って、興奮したように采夏に手を伸ばす。西方には、握手という文化がある。敬意を表す時などに、相手の手を握るのだ。

黒瑛はハッとして、采夏の手を握ろうとする大使から守るように割って入った。

「気安く触れてもらっては困る。彼女は特別な女性だ」

「特別な女性……？」

驚く大使に、黒瑛の背中に隠されていた采夏がひょいと顔を出す。

「申し遅れました。青国の皇后の茶《ちゃ》采夏と申します」

采夏がそう答えると、大使はもう目が落ちそうなほどに見開いた。

そして一言「素晴らしい！」と呟《つぶや》き、黒瑛に頭を下げた。

「たびたびのご無礼を謝罪いたしマス。そして交易の件も安心しマシタ。国の頂点の女性が管理する茶畑、とても素晴らしいものデシタ。国をあげてここまで、環境を整えておられるのなら、問題ありまセン。我が国にも今後の交易に問題ないことを伝えておきマス」

大使の言葉に、黒瑛はほっと胸を撫《な》で下《お》ろした。

西方に余計な軋轢《あつれき》を生みたくない。大使を納得させたことは今後の外交関係で良い方向に働くだろう。

そう考えると、皇后のために作った茶畑は、皇后のためだけでなく国のためにもなったことをひしひしと感じる。

采夏に深い考えがあったわけではないだろうが、彼女の行動の全てが黒瑛を助けているように思えてならなかった。

采夏が立后した当初、正直、宮中の者のほとんどは、茶道楽で有名な采夏に、皇后としての役割を期待していなかっただろう。

だが蓋を開けてみれば、大きく国を助け、臣下も皇后に信頼を寄せている。

それが嬉しいと思う一方で、黒瑛は複雑だった。国にとって、采夏は皇后として特別な存在になっている。だが本心を言えば……。

（俺だけの特別でいて欲しい……）

男の醜い独占欲。そうと分かっていながら、気持ちは止まらない。

采夏から他の妃《きさき》も呼ぶように言われた時は、頭を強く殴られたかのような衝撃だった。

それで良いのかと責めたくなった。采夏が、自分を置いて、皇后として成長していくような気さえした。だが……。

（何を馬鹿なことを。采夏にそうさせているのは、俺だ。俺が、皇帝だからだ……）

頭では分かっている。采夏は、お茶が好きすぎるところを除けば、純粋で可愛《かわい》らしい普通の女性だ。

そんな采夏が、皇后の役割を務めているのは、他ならぬ己のせいなのだと。

「よろしければ、お茶はいかがでしょうか？」

采夏のウキウキとした声で、黒瑛は我に返る。

お茶のことを考えている時の楽しそうな采夏に、黒瑛の気持ちも落ち着いてきた。

「ありがとうございマス。私はとても、お茶が好きなので、とても嬉しいデス」

独特な訛《なま》りを含んだ言葉で大使はそう答えた。

先ほどまでの少し警戒したような笑みではなく、純粋に喜んでいる笑みを浮かべている。

大使としても、今後の茶葉の交易に問題がないことが分かって安堵《あんど》したのだろう。

黒瑛達は、皇后の宮へと場所を変えた。黒瑛と陸翔、そして赤毛の大使は大きな円卓を囲って席に着く。

そして、近くで采夏が湯を沸かしていた。

「何か、飲みたいお茶はありますか？　ここは国の中心地。青国の茶葉でしたら、どんなものでもお出しできますよ」

采夏が和やかにそう問いかけると、大使は嬉しそうに顔を綻ばせた。

その顔を見て、采夏も嬉しくなった。やはりお茶は良い。

最近、黒瑛のことで思い悩みがちだった采夏だが、お茶のことを考えている間は無心になれる。

「どんなものも、と言われマスととても迷いマス。でも……そうデスネ。実は、前々から飲んでみたいお茶があったのデス！　私の祖父も私と同じように青国に大使として参ったことがありマス。それで、祖父の手記に、『白いお茶』のことが書かれていたのです。どうやら、祖父がこちらに訪れた時に振る舞われたようデス」

白いお茶。聞き慣れない単語に、横から聞いていた陸翔は少しだけ首を捻《ひね》った。

「白いお茶、ですか？」

「はい。お茶の名前は分からないデスが、白くて、とてもまろやかな味のお茶だったと書かれてマシタ。ずっとそのお茶を探してきたのですが、『絹の道』を通ってやってくるお茶にはそんなお茶は見つかりませン」

長年探していたお茶が飲めるかもしれないという期待のためか、前のめりな様子で大使は語る。

(白い、お茶……。茶葉が白いということかしら……)

采夏にしてみれば珍しく、これ！と分かる茶葉が思いつかない。

「皇后様、いかがですか？そのようなお茶はありそうでしょうか？」

陸翔に促された采夏は少し迷うように口を開いた。

「色が白い……となりますと、白毫銀針《ハクゴウギンシン》、でしょうか。白毫銀針の茶葉は、白く小さな毛に覆われていて、白く見えます」

と答える采夏の言葉はやはりはっきりしなかった。

白毫銀針はその名の通り茶葉が小さな毛に覆われていて、白く見える。それに、微発酵させて作られる白毫銀針は、お茶の分類的には、『白茶』に分類されるので『白いお茶』という表現にも合っている。

青国のお茶は、基本的には『緑茶』文化で、『白茶』である白毫銀針は珍しいお茶に当たる。そのため西方には流れていない可能性は十分にあった。

だが、『まろやかな味』というのが引っかかる。白毫銀針は、確かに渋みは少ないが花のような香りのする華やかな味わいのある茶だ。まろやかとはまた違うように思える。

「では、是非、そちらを頂きたいデス」

ぐっと両手を組んで嬉しそうな大使の言葉に押される形で、采夏は頷いた。

（そうね、まずは振る舞ってから考えましょう。白毫銀針はとても美味《おい》しいお茶であることにはかわりないのですから）

飲んでもらえれば、違うかどうかは分かる。

そうして采夏は、数ある茶葉の中から白毫銀針を選んだのだった。


采夏の元に白毫銀針の茶葉が運ばれてきた。

針のようにまっすぐな形の葉を、びっしりと銀色に輝くフサフサの毛が覆っている。

その様をうっとりと眺める采夏を、黒瑛は微笑《ほほえ》ましげに見つめる。

「素晴らしい毛艶です。白兎《しろうさぎ》のようにふさふさと……可愛らしいですよね。小さい頃はこのふさふさの手触りの虜《とりこ》になって、一日中撫で回していた時期がありました。どこに出かけるにも、連れて行って可愛い可愛いと言いながら、ひたすら撫でていたのです。そうしたら、私が小動物を勝手に飼い始めたと父上に勘違いされて……ふふ、懐かしい思い出です」

采夏のお茶愛が過ぎる幼い頃の思い出に、陸翔は少し疲れた笑みを見せ、采夏に弱い黒瑛は困ったような顔を見せつつ愛《いと》しげに采夏を眺め、大使は冗談か何かかと思ったらしく

「ハハハ、皇后様のお話とても面白いデース」と愉快に笑った。

採夏は、白毫銀針の茶葉を眼差《まなざ》しで愛《め》で尽くした後、温めた茶壺《ちゃつぼ》に入れる。

「普段、蓋碗《がいわん》でお茶を淹《い》れることが多いのですが、今回は茶壺を用いることにしました。口の中に茶葉が入らないよう蓋を押さえながらお茶を飲む蓋碗は、少しコツがいりますので」

西方の大使には不慣れだろうという配慮で、茶壺でお茶を蒸らして茶杯に注ぐことにしたらしい。

採夏は、お茶の淹れ方についてそう説明すると、茶壺に少しぬるめのお湯を注いだ。

白毫銀針は毛に覆われているため、お湯に浮く。採夏はぷっくりと浮き上がる茶葉を愛しそうに眺めてから蓋をし、蒸らす。

「頃合いですね」

待つことしばらくして采夏はそう言うと、四つの茶杯にお茶を注ぎ入れた。

「白毫銀針です。独特の華やかな香りをお楽しみください」

采夏の用意したお茶からは、確かに花の芳しい香りがした。

華やかでいて素朴な香りだ。桃よりも梅のような、甘すぎない香り。それでいてお茶独特の深みも漂う。

黒瑛は夢見心地な気分で茶杯に口をつけた。

一口飲んだ時に、脳裏に浮かんだのは、花畑だった。

赤に黄色に桃色。小さな野花が地面に広がっている。茉莉花《まつりか》や薔薇《ばら》の花のような気位の高い華やかさとは違う、野生みのある野花の香りがあたり一面に広がっていた。

健気《けなげ》に咲く野花を一つ一つ愛でるように黒瑛が眺めていると、「チャンチャン！」と犬の鳴き声のようなものが聞こえてきた。

何かと思って振り返ると、白いフサフサの毛を生やした小動物が甘えるように飛びついてくる。黒瑛は思わずそれを抱きかかえ、そしてその魅惑的なもふもふとした撫で心地に夢中になった。

これはなんだろう。猫だろうか、犬だろうか。

撫でるうちにピンと少しとんがった形であることが分かった。耳かもしれない。長い耳を持つ小動物……兎《うさぎ》か。

「あ、すみません、うちの子が……」

声が聞こえて顔を上げると、美しい人がいた。

魅惑的な瞳が黒瑛を捉えて優しく微笑む。思わず惚《ほう》けていると、先ほど抱きかかえていた小動物が彼女の元へ。

彼女は、それを抱きかかえた。

「すみません、私の茶葉、『白毫銀針』が飛びついてしまって……。でも、珍しいのですよ、この子とっても人見知りするから。一目見て、あなたのことを気に入ったみたいですね」

女性はそう言ってはにかんだ。その可愛らしい笑みに心を摑《つか》まれて、黒瑛はふと気づいた。

彼女は、采夏だ。黒瑛の大事な人。

そうか、これは、皇帝などではないただの男である黒瑛と、普通の町娘である采夏が出会った若かりし頃の思い出……。

「陛下、どうしたのですか？　ぼうっとして」

低い声が聞こえてハッと黒瑛は目を開くと、どこか変態でも見るような目でこちらを凝視する陸翔がいた。

「お茶に酔っておられたのですよね、陛下。さすがです」

横には満足そうに微笑む采夏。

黒瑛は状況を理解するとクッと悔しそうに眉根を寄せて額に手を当てた。

「また、お茶に酔っていたのか……」

よくよく考えれば、黒瑛と采夏の出会いは全然違う。だいたいなんだ、あの動く茶葉的な生き物は。

淡いお茶の甘さに釣られて、ふわふわした夢に酔ってしまっていた……。

黒瑛はふーと息を吐き出しどうにか平静を取り戻すと口を開いた。

「うまかった。茶葉の針のような見た目からは想像が付かないほどに淡く優しい味わい。華やかな風味は、梅の実のような、健気に咲く道端の花のような、柔らかい甘さがある」

黒瑛がそう言うと、西方の大使も大きく頷《うなず》いた。

「まさしく、とても良いお茶デス。我が国にある野草茶に少し似ていマス。とても美味しいデス」

満足そうに言うと、お茶を全て飲み干して茶杯を卓に置く。

反応から見るに、白毫銀針を気に入ってはくれたようだ。だが問題は、これが彼が探し求めているお茶であるかどうかだ。

「うーん、ですが……これはおそらく祖父の手記にあった白いお茶ではないと思いマス」

大使は残念そうに言った。

そして采夏に一言断りを入れてから、茶壺を手に取ってその蓋を開けた。

そこには、お湯に蒸されてくたりと葉を開いた暗い若草色の茶葉と、わずかに黄緑のお茶が残っている。

「祖父の手記では、お茶は雲みたいに白かったと。これはちょっと雲みたいに白いとは言えないデース」

大使の言葉に、黒瑛達は茶壺の中身に目をやる。お湯を入れる前にはふさふさの銀毛に覆われ白く見えた茶葉は、お湯に濡《ぬ》れて元の葉の緑を露《あら》わにしていた。お茶も、淡く黄色に染まっている。

大使の話を聞いた采夏は、申し訳なさそうに大使に顔を向けた。

「そうなると、お求めの茶葉は『幻の白茶』のことかもしれませんね」

「幻の……？　白茶ということは、少々自然発酵をさせるお茶ですか？」

そう興味深げに尋ねてきたのは、陸翔だ。彼も采夏には及ばないがお茶を愛好しているので、多少の知識がある。

「いいえ、茶葉の製法によって分類している『白茶』とはまた別です。製法は、緑茶と一緒で摘んだ後に釜で炒《い》って殺青します。ですが、茶葉が真っ白であるために『白茶』と名づけられたのです。白毫銀針の茶葉は羽毛に覆われているため白く見えますが、葉の色自体は緑です。ですが、『幻の白茶』は葉そのものが白いのです。そのため、『幻の白茶』を淹れると、お茶に一切の色みも入ってこないと聞いています」

「葉そのものが、白……」

「はい。随分昔の話、今より三百年は前ですが、ある日突然、真っ白な茶木が発見されたのです。葉も、幹も全てが白い茶木。その茶木の葉で作った茶葉も当然白く、極上の味わいだったと聞いています。ですが、その白い茶木はもうありません。枯れ果てて今は現存しないのです」

「なんと……。ではもう飲むことはできないということ、デスカ？」

「ええ、白いお茶の木が発見されない限りは……。なかなか難しいと思います」

「ふーん、そもそも、それは本当にあった話なのか？　真っ白の木など、俄《にわか》には信じられないが」

　黒瑛が訝《いぶか》しげにそう言うと、采夏は頷いた。

「白化は、自然界では稀《まれ》にあります。白い亀や白い蛇などもその一例です。この白化は、動物だけでなく、植物にも起こり得るのです。奇跡と奇跡が重なり、茶木が白化して初めて口にできるのが、『幻の白茶』です」

「おお、なんと……それほど貴重なお茶だったトハ……！　ますます飲んでみたくなりましたが、うーん、しかし残念デス」

　大使はそう言ってがっくりと項垂《うなだ》れた。

「お気持ち、お察しいたしますわ。飲みたいお茶があるのに、手元にないなんて……。頭と四肢を馬に繋《つな》いで、それぞれ別方向に引っ張られて身を引き裂かれていくような苦しみですよね」

「いやそれは流石《さすが》に苦しすぎるだろ」

　采夏の喩《たと》えが完全に酷刑で、思わず黒瑛が呆《あき》れた声をあげる。想像するだけで痛そうで胸焼けがした。

大使は心底気遣うような采夏に感激した様子で笑顔を見せる。

「皇后陛下、ありがとうございマス。それに、今日振る舞ってくださった白毫銀針もとても美味しいデス！　白いお茶は残念ですが、新しい美味しいお茶との出会いはとても嬉《うれ》しいものデスネ」

そう言って大使は破顔した。だが、采夏の中にはしこりがあるようだ。

「こちらにはいつまでご滞在されるご予定ですか？」

どこか焦ったような顔で采夏が尋ねる。

「せっかく来ましたので、あと十日ほどはお世話になるつもりデス」

と言って大使が黒瑛に目線を向けたので、頷いた。もともとそういう手筈《てはず》になっている。

こちらとしても西方の話をまだまだ聞きたい。

「あと、十日……。それまでに幻の白茶が見つかると良いですが……」

采夏は真剣な面持ちで呟《つぶや》く。どうやらまだ大使が求めるお茶を淹れることを諦めたわけではないらしい。流石の執念だと黒瑛は内心感心する。

その後は、西方との交易品のことで話が弾み、お茶がもう話題に上ることもなかった。

幻の白茶のことは気にかかるが、概《おおむ》ね大使の歓待は成功に終わったのだった。

※

西方の大使の歓待はつつがなく、終わった。

だが……。

「幻の白茶……どうにかして手に入らないかしら」

采夏はあれ以来、大使が求めていたお茶を出せなかったことが、気にかかりまくっている。どうにかして『幻の白茶』が手に入らないかと日中考え込むことが多くなり、黒瑛とのギクシャクとした関係について悩まずにいられたことは幸いとも言えたが。

そうこうしていると、皇后である采夏の宮に秋麗がやってきた。

突然の来訪だったが、玉芳《ぎょくほう》をはじめとした皇后の侍女らでどうにか場を整えた。

秋麗は、用意された椅子にどかりと座る。

「秋麗様からいらしていただけるのは、はじめてですね。何か飲みたいお茶でも？」

采夏は、秋麗の突然の訪問はお茶を飲みにきたためだと思ったようだが、秋麗は鋭い視線を返した。

「お茶は結構です。すぐに済みますから」

「大丈夫ですよ、気を使わなくとも。お茶もすぐに淹れられます。あ……！　水出しのお茶などいかがですか？　そろそろ暑くなってきましたし」

「だから！　お茶はいらないと言っているでしょう！」

秋麗は卓に手を叩《たた》きつけてそう怒鳴った。基本的にはねっとりとした話し方をする秋麗らしくもなかった。

自分が出した大声に、秋麗自身が驚いたのか、ハッとしたような顔をしてからバツが悪そうに顔を逸《そ》らす。

「……大きな声を出して申し訳ありませんわ。ですがあまりにも……我慢ならなかったのです」

「我慢ならない？」

「ええ……、陛下に何か言っているのですよね？」

「え？　陛下に？」

お茶の話をしていたと思ったら突然、黒瑛の話になって采夏は困惑した。

「私の美しさが妬ましいのはわかりますけれど、あんな仕打ち、あんまりではなくて!?」

「あんな仕打ち!?」

采夏はますます目を見開く。秋麗の言いたいことがわからなかった。

「何よ！　何も知らないような顔をしないで！　あなたが言ったのでしょ!?　あなたが陛下に……」

と吐き捨てるように言葉を紡ごうとする秋麗の身に影が差した。影は秋麗の耳元に顔を寄せる。

「陛下に呼ばれても、相手にされなかったのか、秋麗風妃」

采夏には聞こえない声で、秋麗の耳元でそうささやいたのは、冬梅《とうばい》だった。

「……冬梅花妃《かひ》」

悔しそうに、秋麗が突然現れた彼女の名を呼んだ。

冬梅は秋麗から顔を離すと腕を組んで、秋麗を叱るかのように冷たい視線を向けた。

相変わらずの男装で、背が高いこともあり迫力がある。

そしてついと視線を采夏に移した。

「皇后様、突然の訪問すみません。秋麗風妃が凄《すさ》まじい剣幕で皇后様の元に向かわれているのを見て、心配になりまして」

そう言いながら、頭を下げて挨拶をする。

「……金魚の糞《ふん》が」

ぼそりと言葉が漏《も》れた。秋麗の恨めしい目が冬梅をはっきり捉えている。

「おお、女の嫉妬は怖いものだ。しかしその怒りを皇后様に向けるのはいかがなものか。皇后様のご慈悲で、陛下へのお目通りが叶《かな》ったのだ。感謝こそすれ責めるなどあり得ない」

「冬梅花妃！　黙りなさい！」

歯をむき出しにして怒鳴る秋麗を見て、冬梅は小馬鹿にしたように笑う。

「おや？　口を慎む必要があるのは、貴方《あなた》では？」

「黙れと言っているのよ！」

口汚く罵り合う二人を見て、采夏は「あらまあ」と言いつつ頬に片手を添えて嘆息した。

「どうしましょう、玉芳。喧嘩《けんか》が始まってしまったわ」

采夏がこっそりと後ろの玉芳を見やるが、玉芳は疲れ果てた顔をしていた。

「どうしましょうと言われても、私にどうにかできるとお思いで？」

「やっぱりこういう時は……お茶よね。いいお茶の香りがあれば、皆様お茶に夢中になるはずだもの」

「それは、皇后様だけだと思いますけど」

と、玉芳には言われつつ、采夏はお茶を淹《い》れようと、水出しのお茶が入った茶壺《ちゃつぼ》に手を伸ばす。

――ダン!!

「お茶なんていらないわ！」

秋麗がそう言って、卓を叩いた。

どれほど力強く打ちつけたのか。木製の円卓は、その衝撃でへこんでいた。思わず采夏は目を丸くする。

「秋麗風妃、そのように打ちつけては手が痛みますよ。怪我《けが》はありませんか？」

心配する采夏に、秋麗は睨《にら》みつけた。

「うるさい！　私の怪我の心配？　本当は無様な私をわらっているのでしょう⁉　それとも自分の方が優れていると、高みから見物しているつもり？」

「秋麗風妃、そのようなことはありません」

と采夏は言うも、秋麗の耳には入っていないようで、目が充血している。

どうしましょうと思って、視線を移すと、卓に置いてあった茶壺が目に入った。

先ほど秋麗が卓を打ちつけた衝撃で、蓋が落ちてしまっているようだった。茶壺の中のお茶は、こぼれこそしなかったものの大きく揺れたことで泡が浮いていた。

それを見て、采夏は「あ……」と声を漏らした。

（あの泡、なんだか無性にあのお茶が飲みたい。私では淹れることができない、あのお茶を）

采夏はあろうことかお茶に夢中になり始めていた。

「私の何が足りないというの⁉　貴方より美しいわ！　それとも、私がつまらない人間だから？　正妻の子ではないから？　だからダメだというの？　詩も学も今ひとつ、どうせ顔がいいだけの人形だと言いたいの⁉」

そう言って、秋麗は采夏に摑《つか》みかかった。

激しく動いた故に袖が捲《まく》れて、秋麗の白いしなやかな腕が露《あら》わになる。

采夏の襟元は乱れ、摑みかかってきた秋麗の手首を采夏は思わず摑んだ。

（……⁉　硬い！　これなら……）

采夏は、秋麗の手首に触れてまずそう思った。

これは筋肉の硬さだ。見れば、卓に打ちつけた秋麗の手は多少赤くはなっているが、怪我はしていなそうだった。これは秋麗の手が丈夫であることの証《あかし》。

たまらず采夏は、秋麗の手首からするすると指を動かして腕を撫《な》でた。何故《なぜ》かうっとりと嬉しそうに。

これに驚いたのは、とうの秋麗だ。

ちなみに、秋麗の暴挙を止めようとしていた冬梅や玉芳も固まった。

摑みかかったというのに、摑みかかられた本人は怯《おび》えるどころかどこか嬉しそうなのであるから当然だ。

「ちょ⁉　何を……⁉」

秋麗は思わず采夏の襟元を摑んでいた手を引っ込めた。

「あ……そんな……」

采夏はそう言って離れた秋麗の手を名残惜しそうに見つめる。それがまた不気味に感じて、秋麗は一歩引く。

「ああ、すみません。あまりにも素晴らしかったもので……」

そう采夏は言った後、姿勢を正した。真っ直《ますぐ》ぐ力強く秋麗を見てくるので、秋麗は思わず息をのむ。

「秋麗様、貴方の美しい手は卓を叩くよりももっと他にすべきことがあります」

「え……」

「玉芳、きて」

顔つきや雰囲気が変わった采夏に戸惑うばかりの秋麗を置いて、采夏は玉芳を呼んだ。

「なんか嫌な予感がするんですけど、なんですか」

「至急用意して欲しいものがあるの」

采夏の言葉にやっぱりかと玉芳は小さく嘆く。

采夏に摑みかかるという秋麗の振る舞いには危機感を持っていた玉芳だが、今はすっかり采夏のペースになっている。そのことにホッとするとともに、混乱している様子の秋麗に同情心が芽生えてきた。

「どうせ、お茶関係なのですよね？」

玉芳が呆《あき》れたように言うと、采夏はにっこりと微笑《ほほえ》んだ。

「もちろんです」

采夏は有無を言わさぬ笑みで秋麗を捉えながらそう言った。

※

「もっと！　もっと叩きつけるように！　激しく！　撃払《げきふつ》するのです！」

宮の中には、采夏の怒号とシャカシャカと何かがはげしく擦れる音が響き渡っていた。

秋麗は、片手で少量のお茶の入った碗《わん》を持ち、もう片方の手には茶筅《ちゃせん》と言われる、細長く切り刻んだ竹をささらにして束ねた道具を持っていた。

厳しい顔で腕を組み、「もっと！　もっと激しく！」と声をかける采夏の側で、ただひたすらに秋麗は茶筅を使って、碗のなかに入っているお茶をかき混ぜているのだ。

二人の周りには、冬梅達もいる。彼女らは、私達は一体何を見せられているのだろう、と思いながら二人のやりとりを見守っていた。

「な、なんで、私が！　こんなことを！」

と文句を言いつつも、采夏の迫力に押されて秋麗は言われるがままだ。

「無駄口を叩かないで！　この一杯に魂をこめて！　さあ！　さあ！」

「もう！　なんなのよ！」

細かく茶筅をふるい続けているために、秋麗の右腕が痛い。

だが、何故か止まれない。ここでやめてしまったら、負けたような気がしてしまう。

この感覚に、幼い頃のことが思い出された。

「秋麗って、顔は綺麗《きれい》だけど一緒に遊んでもつまらないのよね」

「分かる。鈍臭いし、何にもできないしね。それに見た？　あの子の字、本当に汚いのよ」

「お母様が言っていたけど、秋麗の母親ってね、平民なのですって。しかも、男に媚《こ》びを売ってお金を稼ぐ踊り子で……」

それらは秋麗の異母姉や従姉妹《いとこ》達の言葉だった。

秋麗のいないところで、同じ年頃の子達が秋麗の陰口を言っていることは日常茶飯事。

幼い秋麗は、親戚の子らの陰口を聞きながら、唇を噛《か》んだ。

怒りか、悔しさか、涙が込み上げてくる。

秋麗は、西州《さいしゅう》長の娘だ。だが、正妻の子ではない。父親が流浪の美しい踊り子に手をだして産ませた娘だった。

母親譲りの美貌のおかげもあって父親からは可愛《かわい》がってもらえていたが、他からのあたりは強かった。

こうやって陰口を叩《たた》かれるのは日常茶飯事で、直接罵られることすらある。

その度に秋麗は、自分に言い聞かせてきた。

美しくないものが、自分に嫉妬して罵っているだけ。あんな醜いもの達の言葉に負けるものか。所詮は自分に及ばないもの達の妬みの声なのだ。

自分を下に見る奴らを逆に下に見返すことで、自身の心を守っていた。

そのおかげで、秋麗は強くいられた。美しさだけが、秋麗の気持ちの拠《よ》り所《どころ》だった。

だが……その結果、秋麗は美しさに固執するようになった。

より美しくあるために、体を鍛え、髪を整え、様々な美容法を自らに施した。時には偽の美容情報を鵜呑《うの》みにし、身体《からだ》を壊すことすらもあった。

そしてその甲斐《かい》あって、数いる西州長一族の姫達の中から後宮に入る妃《きさき》に選ばれたのだ。

秋麗ならば、必ずや皇帝の寵愛《ちょうあい》を得られるだろうと言われて送り出された。

だというのに……後宮に入ってから、何もかもが上手《うま》くいかない。

本当は分かっていた。後宮に登れるもの達は、総じて美しい。健やかで美しいことは大前提。自分と対して差はない。となれば、何を以《も》って皇帝の寵愛を得られるのか。

それは中身だ。

心の清らかさ、聡明《そうめい》さ、豊富な知識からくる話題の面白さ、育ちから匂い立つ品の良さ……外見の美しさ以外の何か。

何かに取り憑《つ》かれたように外側の美しさにばかりこだわり続けた秋麗に、圧倒的に足りないもの。

――シャカシャカシャカ。

誰にぶつけていいのかわからない憤りを、秋麗は茶碗《ちゃわん》にぶつけた。

茶筅を動かし、激しくかき混ぜる。

こんなはずではなかったのに。美しければそれで良かったはずなのに。

それだけではだめだということを、美しさにだけに縋《すが》り付《つ》いてきた秋麗だからこそ分かってしまう。

ひたすらに茶筅を動かす秋麗の手が温かいものに包まれた。

ハッとして動きを止める。

茶筅を握る手を女性の温かい手が包んでいた。顔を上げると、温かく微笑む皇后、采夏の顔があった。

先ほどまで、鬼教官のようだった女はそこにはいない。

「秋麗風妃、とても素晴らしいお手前です」

采夏はそう言った。

なんの話をしているのか、秋麗はよくわからずにぽかんとした顔で采夏を見る。

「こちらを」

秋麗を戸惑わせる原因である采夏は、視線を秋麗の手元にある碗に向ける。

そこには、細かい白い泡がこんもりと盛られていた。

先程まで激しくかき混ぜたことで、茶が泡立っていたのだ。

「これは……」

「なんて美しいのでしょう」

采夏はうっとりした顔でそう呟《つぶや》く。

采夏の迫力に押されて、ただただかき混ぜていたのは自分だが、意味がよくわからない。

「私……」

「これは前王朝時代に流行《はや》った闘茶《トウチャ》というものです。今では、お茶の出来の善《よ》し悪《あ》しを、その味や香りで比べられますが、前王朝時代には、お茶の味や香りは二の次でした」

突然の茶談義が始まった。

本来の秋麗だったら、意味のわからないこと言わないで！　と怒鳴り散らしていたかもしれないが、今は状況が特殊だった。

先ほどから限界まで腕を振るって体が疲れ果てている。

頭がぼーっとするのだ。だから采夏の話を聞いて、ふと浮かんだ疑問を口にした。

「味や香りは二の次？　他にどうやって比べるというの？」

「この、泡です」

「泡……」

「お茶の味わいよりも、お茶を泡立てた時にできるこの泡の出来で優劣を競っていました。

より細かく長く続く美しい泡を作れたお茶が最も尊ばれていたのです」

「より美しい泡……」

「青国は王朝が変わると、以前の文化を悉《ことごと》く否定する傾向がありますので、知らないのも当然かと思います。前王朝の終末期は、とかく華美なものが尊ばれていました。それはお茶にしても同じです。お茶の価値は味ではなく、見た目の美しさで競われていたのです。当時の上流階級の貴族達はこぞって、お茶の粉を少量のお湯で溶いて撃払、つまり激しくかき混ぜて泡を作り、その泡の質でもっとも出来の良いお茶を決めていました。……秋麗様はまるで闘茶のようなお方ですね」

采夏の言葉に、秋麗は眉根を寄せた。

「それって、どういう意味？　私を馬鹿にしているの？　肝心なお茶の味を見ずに、ただ泡の見た目が良いだけで価値を決める滅びた文化が私みたいってこと？　ええ、そうでしょうね！　どんなに美しい泡を作ったって、いつか消えて無くなるものね！　美しくいることに必死になっている私は、さぞや滑稽に映ったかしら!?」

秋麗の怒りを含んだ言葉に、采夏は目を丸くさせた。

「ただ泡の見た目がいいだけ？　何を言っているのですか？　秋麗妃、見てくださいこの泡の美しさを」

そう力強く言う采夏の勢いに先ほどの女教官の片鱗《へんりん》を感じて、秋麗はビビって身をすくめた。

その隙に采夏はさらに秋麗に顔を近づける。顔が怖い。

「はっきりと申し上げましょう！　私には、これほどの泡は作れない。この闘茶は、お茶を誰よりも愛すると自負するこの私が！　唯一淹《い》れられないお茶なのです！」

そう言って、采夏は右腕の袖をまくった。柔らかくて白い腕が露《あら》わになる。

「これほどの泡を作り出せるほどの筋力が、私にはないのです！　ただ綺麗に泡を作るだけが、どれほど大変なことなのか、ご存じないのですか？　そんなことはないでしょう！　貴方《あなた》は誰よりも、その大変さをご存じのはず！」

「え……」

「茶筅を素早く細かく力強く振るうために、淹れ手がどれほど血のにじむ努力をしたことか！　闘茶の美しさのその裏には、必ずその美しさを作り上げるための弛《たゆ》まぬ努力があったのですよ！」

「努力……」

秋麗は、ハッとして息を呑《の》んだ。

ずっと秋麗は、美しさ以外の取り柄などないと思っていた。実際、外見以外のところで褒められたことは一度もない。

それは可愛がってもらっていた父親に至ってもそうだった。

だから、美しさ以外に自分の価値などないのだと思っていた。

だから、そのために努力を重ねてきた。

今思えば、秋麗はずっと息苦しかった。喩《たと》えるなら、つま先立ちをして、ギリギリで息継ぎができるほどの深さの池にいるような感覚。

常につま先で立っていないと、息が吸えない。少しでも踵《かかと》をつけたら、溺れて死んでしまう。

だから、ずっと、どんな時もつま先で立ち続けた。そうでないと、生きていけないから……。

「ご自身で淹れたこの闘茶、是非召し上がってみて」

采夏の言葉に、秋麗は碗の中を見た。真っ白な泡は、まだ碗の中にある。

戸惑う秋麗の目の前で、采夏がにこりと微笑む。その微笑みに押される形で、秋麗は碗に口をつけた。

唇に、ふんわりとした柔らかい泡が当たる。口の中に、その雲のように軽やかでふわふわしたものが入ってくる不思議な感覚。

そして微《かす》かにお茶の風味がふんわりと口に広がる。

美味《おい》しいのかどうかはよく分からない。

だが、気づけば秋麗は海の中にいた。

海底は深く、つま先立ちをしていないと息が吸えない。そう思っていた。

（違う。別にそんなことしなくても、いい）

秋麗は、海に潜った。体が軽い。それもそのはずだ。秋麗の足は魚の鰭《ひれ》になっていた。

今の秋麗は、上半身が人、下半身が魚という幻想の生き物である人魚となっていた。

今まで息苦しい思いをしてきたのが、嘘《うそ》のように自身の身が軽い。

軽く鰭を動かし、秋麗は海に浮かび上がった。水面から顔を出し、丸い月を見上げながら深く息を吸い込むと、潮ではなく、爽やかな草の香りがした。

秋麗は、これまでの弛まぬ努力で、誰よりも強く美しい鰭を手に入れていたのだ。

「秋麗風妃？　どうしたのだ？」

名を呼ばれた秋麗はハッと我に返った。

声をかけられた方を見ると、罵り合ってきた冬梅が心配そうにこちらを見ていた。

先ほどまでどこか夢の中にいたような感覚だった秋麗は、戸惑いながらも口を開いた。

「べ、別に、大丈夫よ……」

正直大丈夫ではなかった。今の何？　夢？　と思っていた。

「そうか？　どこか心ここにあらずといった様子だったが……」

「きっと、お茶に酔ったのでしょう」

うんうんとどこか分け知り顔の采夏が満足げに頷《うなず》きそう言った。

「お茶に酔う、ですか？」

冬梅が興味を惹《ひ》かれてそう尋ねる。

「はい。良いお茶は酔うことが出来るのです。さすがは秋麗風妃」

そう言って、采夏は秋麗の手をとった。両手でギュッと握りしめて、キラキラとした曇りなき眼差《まなざ》しにて見つめる。

あまりにもまっすぐに見つめられて、秋麗は思わず赤面した。

「初めて淹《い》れた闘茶で、茶酔の境地までいかれるとは……天才です」

うっとりするようにそう言われた。何故《なぜ》だか急に恥ずかしくなって、秋麗はさっと目線を下げた。

「天才？　何を馬鹿なことを……。私には美しさしかないのに。他に褒められるようなことなんて」

「何を言っているのでしょうか？　その美しさを極めるためにどれほどの努力をしたのか、この腕を見れば分かります。とてもしなやかで力強い腕」

采夏は秋麗の腕に視線を向けた。

秋麗の体は、完璧な体形を維持するために、引き締まっている。采夏がうっとりと見つめている腕にしてもそうだ。女性らしいまるさがありつつもしなやかだった。

「な、何よ、そんなジロジロ見て……」

「秋麗様はもっと誇るべきです。美しさを維持するために自らを戒め、努力していくそのひたむきな心根がどれほど美しく素晴らしいことか」

采夏のその言葉は、秋麗の胸の中に深く入りこみ、そして胸の底に着地するとキュンっと軽やかな音がなったような感覚がした。

きゅっと胸が締め付けられる。

それとともに体全体が熱《ほて》った。

容姿以外のことを褒められたことがない秋麗に、采夏の言葉は魅惑の甘さだった。

秋麗は周りを蔑み、自分の心を保ってきた。

『彼女より私が美しい』、『私の方が優れている』、『私の方が。私の方が』。

誰を相手にしても、自分より劣るのだと思わないと気持ちを保てなかった。

相手を蔑まなければ生きていられない卑屈で醜い心を抱えていた。

そんな自身の心根を嫌悪する気持ちが、なかったとは言えない。

自分を保つために、外見を磨いているのか、それとも自分の醜い心を隠すために磨いているのか。あるいはその両方か。

だが……。

『努力していくそのひたむきな心根がどれほど美しく素晴らしいことか』

采夏はそう言ってくれた。

（ただ必死になって、美しさに縋《すが》りつく私の行動を努力と……その心根も美しいと言ってくれるなら……）

今までの、虚《むな》しい人生が、急に輝きだした気がした。

「秋麗風妃、今度はどうした。顔が真っ赤だぞ？」

冬梅に、訝《いぶか》しげに聞かれて秋麗は慌てて口を開いた。

「は、は？　な、な、な何を言っているの？　ひたむきな心根が美しい？　な、何を言って、あ、当たり前でしょ⁉　見た目も美しければ、心も美しいものなのよ」

口からはいつもの勝気な言葉が漏れるが、目は泳いでいた。考えがまとまらない。

「そうでしょうね。それで、あの、お願いがあるのです。秋麗風妃、私にも、そのお茶を一口いただけませんか？」

「え？　私が、今飲んだお茶よ？」

「ええ、無礼を承知でお願い申し上げております。でも実は先ほどから飲みたくて飲みたくて……我慢できないのです」

そう言って、采夏は目を潤ませ掠《かす》れた声で懇願した。

どこか熱っぽく、艶のある采夏の顔が秋麗の目の前にある。

秋麗は戸惑いのあまり固まった。目の前の采夏から目が離せない。

しかし、采夏の方はもう我慢の限界とばかりに茶碗《ちゃわん》を持っている秋麗の手に自身の手を重ねた。そして秋麗が何かを言う前に、その茶碗に顔を寄せ、秋麗の手に手を重ねたまま傾ける。

驚きで目を見開く秋麗の目の前で、采夏が先ほど秋麗が口をつけた茶碗でお茶を飲んだ。

（……え？　えっ！　今、私が飲んでいたお茶に、く、口を？　そんな！　それってつまり……か、間接的に唇を交わしたということではないの!?）

秋麗の中で采夏の不作法を咎《とが》めるよりもまず、恥じらいがまさった。

先ほどから心の臓が激しく鼓動している。

あまりの出来事に深く息をする方法を忘れたのか、息遣いが荒く短いものになる秋麗をよそに、一口こくりとお茶を飲んだ采夏の唇が茶碗から離れた。

「これが、闘茶のお味。柔らかな口当たり……。同じお茶なのに、普通に飲むのとは違うまろやかさ……。私では至れない前時代のお茶の境地……」

采夏は口の中で先ほど飲んだお茶を味わうように何度もうなずきながら、そうこぼす。

「ちょっと皇后様！　流石《さすが》にそれは不作法に過ぎますよ！」

そう声を荒らげたのは、侍女の玉芳だ。

「で、でも……あんなに綺麗《きれい》な泡だったのよ!?　我慢できるわけがないわ」

「子供じゃないのですから我慢してください！　流石の秋麗風妃も、あまりのことに何も言えないでいるじゃないですか！」

秋麗は、皇后とその侍女とのやりとりを先ほどから黙って見ていた。

まだ話せるような状態ではない。心臓が早鐘を打っている。

「ははは、さすがは皇后様、あの秋麗風妃を黙らせるとは」

と笑う声は冬梅だ。

冬梅の声も皇后の侍女の声も、秋麗の耳には遠く聞こえる。

「ごめんなさい、秋麗妃。私ったら、本当に失礼なことをしてしまって……。お茶のことになると周りが見えなくて、いけないことだとわかってはいるのだけど」

申し訳なさそうにそう言う采夏の声だけがいやに秋麗の耳に響く。

采夏の声を聞いて、ハッと秋麗は我に返る。

「……べ、別に、そんな焦って飲まなくても、いつでもお茶ぐらい点《た》てるわよ」

気恥ずかしくて、まともに采夏の顔が見られない秋麗は目を逸《そ》らしながらなんとかそう言った。

「まあ、よろしいのですか？」

嬉《うれ》しそうな采夏の声に、単純にも気分が高揚していくのがわかる。

「本当にどうしたのだ、秋麗風妃。いやに素直だな」

冬梅の憎まれ口も今はどうでもいい。

「あ、皇后様、上唇に泡が付いていますよ」

小さく咎めるように、玉芳が采夏にそう言った。先ほど闘茶を飲んだ時に付いてしまったお茶の泡だ。

采夏はそれを舌でぺろりと舐《な》めとった。その子供のような仕草に、また侍女から苦言の声が響く。

「だって、もったいないではないですか。本当に良い泡ですね。お茶を泡で飲むと、空気を含むことでまろやかになるのですね。口当たりが全然違います。真っ白なお茶の見た目の美しさはもちろんですが、この口当たりの滑らかさは普通に飲むのではなかなか味わえない……」

と、またお茶について恍惚《こうこつ》の表情で語ろうとした采夏が固まった。

そして何か考えるかのように眉根を寄せていると、今度は目を見開く。

「もしかして、西方の大使がおっしゃっていたお茶というのは……」

采夏はそう呟《つぶや》くと、秋麗に視線を向けた。

秋麗は、それだけで胸がどきりと鳴る。

「秋麗風妃、早速ですが、またお茶を点てていただけますか。秋麗風妃のお茶を求めている方がいらっしゃるのです」

甘い笑みを浮かべて、そう願い出る采夏の頼みを断れるものがいるのだろうか。

秋麗は夢見心地のままにうなずいていた。

※

「秋麗風妃の淹《い》れてくれたお茶のおかげで、西方の大使を十分に満足させることができた」

皇帝黒瑛は機嫌が良さそうにそう言うと、座椅子に腰掛ける秋麗に微笑《ほほえ》みを向けた。

「ご満足いただけたのでしたら、何よりですわ」

美しいその顔に、秋麗は完璧な笑みを貼り付ける。

今日は特別に、采夏と黒瑛、そして秋麗という珍しい組み合わせで茶会を開いていた。

これは、先日まで訪れていた西方の大使のもてなしに対するお礼の茶会だ。

采夏はお茶を一口飲んでから、嬉しそうに口を開く。

「私としたことが、勘違いをしていました。大使様のお話を聞いて、てっきり『幻の白茶』のことだとばかり……。恥ずかしいですわ。よくよく考えれば、大使様のお祖父様のお年を考えると、ちょうど前王朝の時代。であれば大使様がおっしゃっていたお茶が、泡立てて淹れたお茶、闘茶であることは明らかでしたのに」

西方の大使が長年欲していた白いお茶。それは、白化した茶木で作る幻の白茶、ではなく、お茶を泡立てて作る闘茶だったのだ。何よりも泡立ちを美とする闘茶は、すべて泡でできている。お茶の粉に注いだ湯がすべて泡に変わるまで撃払し、作られるお茶。大使が言っていたお茶の特徴は、白いということ。泡でできた闘茶はまさしく白そのもの。

秋麗に点ててもらったお茶を飲んでそのことに気づいた采夏は、秋麗に大使のためにお茶を点ててもらいたいと頼んだのだった。

結果、大使は『求めていたお茶はこれデース』と言って大いに喜んだ。

青国《せいこく》を去る時も、頻《しき》りに感謝を口にし、大変素晴らしい歓待を受けたと祖国に報告するとまで言った。

良い関係を築いていきたいと思っている西方の国の大使を満足させたことは、青国の皇帝である黒瑛にとってはとても喜ばしいことだ。

采夏も、不完全燃焼だった部分がスッキリしてとても晴れやかな心持ちになれた。

「本当に、秋麗風妃には私からも感謝申し上げますわ。私では、十分に泡立つ前に、腕が疲れ果ててしまいます。あれほどの泡を立てることはできません」

少し悲しそうに、采夏がそうこぼす。

その様を秋麗はお茶を飲みながら、横目でこっそり窺《うかが》い見た。

今日の皇后の装いは桃色の衣を羽織った可愛《かわい》らしいもので、采夏に言われて秋麗が初めて闘茶を淹れた時の装いと似ていた。

その桃色の衣につられてあの時の記憶が脳裏を過《よ》ぎる。

あの時、何を思ったか、秋麗はなんとも言えないむず痒《がゆ》い気持ちを抱き、あろうことか宿敵である采夏の言いなりの奴隷のように成り果てていた。

(あの時の私はどうかしていたわ。皇后の言葉に浮かれ果てて、自分の立場も忘れて……

ああ、思い出すだけで、どきどき……違う、イライラする)

采夏に、またお茶を点てて欲しいと言われて素直に頷《うなず》いた自分を思い出して、思わず奥歯を噛《か》み締《し》める。

「秋麗風妃、何か褒美を取らそうと思う。欲しいものはあるか」

黒瑛にそう言われた秋麗は、とうとうきたかと思いながら手に持っていた蓋碗《がいわん》を卓に置いた。

「褒美、ですか。妃《きさき》として当然のことをしたまででございますが、陛下のお気持ちを無下にもできませんわね」

さて、何にしようか。秋麗は頭の中を回転させながら、ゆったりとした口調で応じる。

何か褒賞がもらえる予感はしていた。だから何を求めるべきかずっと考えてもいた。

(美しい装飾品も良いけれど、それは別に今でなくとも手に入れようと思えば手に入る。

もっと、今この時でないと手に入らないものがいいわね……。そう例えば、妃としての位《い》を上げてもらうのも良いかもしれない。冬梅花妃より下に置かれるのは我慢ならないわ。

ああ、でも、しばらくの期間、陛下を独占するのはどうかしら。今まではうまくいかなかったけれど、時間さえあれば私の虜《とりこ》になるはず……。陛下の寵愛《ちょうあい》さえ得られれば、妃としての位も上がる）

秋麗は、これからの未来を夢想した。

今まで秋麗を歯牙にもかけてこなかった皇帝が自分に溺れていく様。皇帝の寵愛を得て、あの生意気な冬梅が自分に頭を下げて媚《こ》びを売る様。我関せずといった様子で、妃達の動向をにまにまと気持ちの悪い笑みを浮かべて観察する燕春《えんしゅん》が自分にへりくだる様。

誰も彼もが秋麗に逆らえない。

そして、皇后の采夏だ。この汚れを知らなそうな可憐《かれん》な皇后をどうしたものか。

我ながら性格が悪いと分かってはいても、妄想が止まらない。

秋麗の心のうちにはいつもドロドロとした毒がある。

それはもしかすると幼い頃から誰かと比べられ、周りの者達から泥みたいに汚い言葉を吐かれてきたからなのかもしれない。

皇帝に求める褒美について方針が決まった秋麗は蓋碗に手を伸ばしてお茶を一口飲んだ。言葉を発する前に、喉を潤したくなったのだ。

そして一口お茶を飲んだその時、爽やかなお茶の香りのせいだろうか、とある言葉が浮かんだ。

『秋麗様はもっと誇るべきです。美しさを維持するために自らを戒め、努力していくそのひたむきな心根がどれほど美しく素晴らしいことか』

そう言ったのは、皇后の采夏。

秋麗は思わずハッとした。

自身の心の汚さは、誰よりも自分自身が分かっている。だと言うのに、采夏はあろうことか秋麗の心根が美しいと言った。言ってくれた。

「そうだわ。秋麗風妃、良ければ私からもお礼を差し上げたいわ。何か欲しいものはありますか？」

ふと話しかけられて、秋麗は顔を上げた。

皇帝の隣に並ぶ采夏がにこにことひだまりのような笑顔でこちらを見ていた。

これから秋麗に皇后の座を追い落とされることなど想像もしていなそうに、暢気《のんき》に笑っている。

皇后からの施しなどいらない。強いて言うなら、その座を奪った後に恨まないで欲しいとでも言っておこうか。

暗い考えが頭をよぎりながら秋麗は口を開く。

「陛下も皇后様も、ありがとうございます。でしたら、その、皇后様と二人きりで過ごす時間が欲しいですわ」

気づけば、秋麗はそう口にしていた。

言い終わった後に、自分が言った言葉が信じられず、思わずえっと呟いて、眉根を寄せた。

同じように訝《いぶか》しげに皇帝もえっ、という感じで眉根を寄せた。

「皇后との二人の時間が、欲しいのか？」

聞き間違いと思ったのか、黒瑛がそう尋ねる。

秋麗は慌てて口を開いた。

「あ！　違いますわ！　二人きりというのは……ほら、私の点てたお茶を皇后様にはまた飲んでいただきたいということで……それだけで……」

違うと訂正の言葉が出たのに、訂正したい箇所が訂正できていない。

思わず秋麗は口元を指で押さえた。

(な、な、違うでしょ!?　二人きりの時間が欲しいのは、皇帝とでしょ!?　なんで、皇后……!?)

戸惑う秋麗が、皇后の方に視線を向けると、皇后が感動したふうに瞳を濡《ぬ》らしていた。

「まあ！　秋麗風妃、それはとても嬉しい申し入れですわ！　ですがそれでは、私への褒美になってしまいます！　まあ、どうしましょう！」

すっかり浮かれて喜んでいる采夏に秋麗は目を奪われる。

（こんなに子供みたいにはしゃいで本当に可愛い……違う、皇后は幼すぎるわ！　こんなのが、皇后だなんて、国に仕える妃として先が思いやられるというものよ。そう、だから皇后との二人の時間を求めるのは、皇后を教育しなくてはならないという私の義務感からきているものよね……!?）

自分の考えとは違うことを口走ってしまうことに、秋麗はそれらしい理由をつけた。お茶のことばかりの皇后を教育するのだという大きな任務を自分に課す。

「……秋麗風妃がいいなら、それでいいが……」

訝しげにそう言う黒瑛の視線を受けて、なんとなく秋麗は居《い》た堪《たま》れなく感じて視線を逸らした。

そして気を取り直して、采夏に話しかける。

「皇后様、いかがします？　早速、二人でお茶、飲みます？」

何の気なしに、別に采夏とお茶を飲みたくてうずうずしている、なんてことが悟られぬように、必死でニヤつきそうな顔を抑えて秋麗が誘うと、采夏は嬉《うれ》しそうに声を上げた。

その二人のやりとりを見た黒瑛は、小さくため息を吐き出す。

「采夏が、またひとりたらし込んだ気がする……」

疲れた顔でつぶやいた黒瑛の言葉は、楽しそうに微笑み合う二人の耳には届かなかった。

# 第三章　茶飲み友達に茶器を贈る

冬梅《とうばい》は、ぼんやりと夜空を見上げた。

満月だった。初夏の少し湿った空気の中で、月明かりが少しぼやけて、満月が余計に大きく見えた。

冬の澄み切った空に浮かぶ月を眺めるのも良《い》いが、初夏の月も悪くない。

「悪いな。最近、そなたばかりを呼び出して」

隣から男の声が聞こえた。横を見れば、どこか憂いのある顔で月を見上げる青国《せいこく》の皇帝、黒瑛《こくえい》がいた。

今日は黒瑛に呼ばれたのだ。食事を共にし、今は外に置かれた椅子に並んで座って月を眺めていた。

皇后である采夏《さいか》以外の妃を呼ばなかった皇帝が、ある時を境に他の妃とも夜を過ごすようになったのだが、最近は特に冬梅を呼ぶ頻度が増えた。

「……秋麗風妃《しゅうれいふうひ》に、何か言われましたか？　それとも皇后様に？」

黒瑛の端整な横顔を見ながら、そう問いかけると、黒瑛は困ったように笑った。

「そうだな。言われたといえば、言われたと言うべきか……」

黒瑛の返答に、やはりか、と思いながら冬梅は再び視線を月に戻す。

黒瑛が突然他の妃の相手をするようになったのは、采夏の進言があっただろうことは明らかだった。そして采夏にそう言わせたのは、秋麗だろう。

しかし最近その二人の呼び出しが極端に減った。何かあったことは明らかだったが、肝心の何があったかは分からない。

気がかりなのは、あの秋麗が何かにつけて皇后と行動をともにしようとしていることだろうか。

(あの女狐《めぎつね》め、何を企《たくら》んでいるのだか)

冬梅は不快に思って思わず眉根をよせた。

秋麗の後宮での態度は正直目に余る。

「西方の大使に対する功労として、秋麗風妃に褒美をとらせたのだが……」

と話し始めた黒瑛の言葉に、冬梅は納得した。

あの我《わ》が儘《まま》な秋麗が采夏を一切呼ぶなとでも言ったのだろう。褒美をとらせると言った以上、皇帝もそれを受け入れたがその傲慢な振る舞いに呆《あき》れ果《は》てて秋麗も呼ばなくなった、というところだろうか。

(愚かな……。もう少し頭の良い女だと思っていたが、変に欲を出すからそのようなこと

になる)

冬梅が内心呆れ返っていると……。

「秋麗風妃に皇后と過ごす時間が欲しいと言われてな。それを受け入れたのだが、夜まで一緒にいたいらしく……しばらくはあの二人を呼びにくくなった」

思ってもみない言葉が返ってきて、再び視線を黒瑛に向けた。

何かの冗談だろうと思ったが、黒瑛の横顔は至極真面目そうで嘘《うそ》を言っているようには見えなかった。

「えっと、あの秋麗風妃が、褒美に皇后と過ごす時間が欲しいと言ったのですか?」

皇后ではなく、皇帝の間違いでは? という気持ちでそう問うと黒瑛は疲れ果てた顔で頷《うなず》いた。

「なんで、また、そんなことに……」

「秋麗風妃には、正直悪いことをしていると思っていたし、最近少し悩んでいる様子の采夏も楽しそうで……今の状況は良かったことだと捉えるべきなのかもしれないが……」

悩ましげにこめかみを押さえる皇帝は確実に疲れていた。

そこで冬梅はふと浮かんだ疑問を口にした。

「悪いことというのは、秋麗風妃に手を出していないことについて、ですか?」

冬梅の問いに、黒瑛は少しの間の後、頷いた。

「ああ、その通りだ」

そうかもしれないという予感はあった。

皇帝に呼ばれた日の翌日の秋麗の苛立《いらだ》ちぶりをみて、もしかしたら秋麗は相手にされていないのではと思ったのだ。

秋麗を前にして、そのことをほのめかしたところ、図星のような態度が返ってきた。

黒瑛の言葉に、冬梅はやはりと思いつつも驚きを隠せない。

「……答えにくいことでしたら、無視して頂いて構いませんが、何故《なぜ》、他の妃《きさき》には手を出さないのですか？　私に手を出さない気持ちはわかります。このようななりをしておりますし、陛下の好みに合わなかったというのも納得できる」

そう言いながら、冬梅は自身の装いを見下ろした。

皇帝に呼ばれた今日も今日とて、男装である。

実は、最初に呼ばれた時は流石《さすが》に女性ものの装いをしていたのだが、皇帝にいつもの格好でいいと言われ、それから毎回いつもの男装姿だった。

「あ、いや、そなたのことも美しいとは思う。格好は、独特だが、似合っているし……」

皇帝が慌てた様子でそう言う。どうやら、冬梅が傷ついていると勘違いをし、慰めようとしているらしい。

冬梅は思わずふっと笑みをこぼした。

「陛下、大丈夫ですよ。私は気にしていません」

皇帝の妃として、望まれれば体を許す心積りではいるが、正直秋麗のように自ら望んでいるわけではなかった。むしろ呼ばれても相手をしなくても済むことに安堵《あんど》している。

「ただ……秋麗風妃は、心根はどうあれ健やかで美しい人だと思います。そして皇帝陛下の妃です。それに手を出さないということは、何か思惑があるように思えてなりません。もちろん、皇后様をそれほどに愛しているということなのかもしれませんが……」

そう言って、黒瑛の様子を見ると、彼は悲しげに微笑《ほほえ》んでただまっすぐ月を仰ぎ見ていた。

冬梅の問いかけに答えず、ただ切なげに月を眺める。答える気がないのだろうと冬梅が悟った頃、黒瑛は小さく口を開いた。

「……俺は、本来は皇帝になるような男ではないのだ」

先ほどの問いに対する答えなのかどうかは冬梅には分からない。

だが、これ以上聞くなという静かな圧を感じて、冬梅も視線を月に移した。

どうしても答えが聞きたかった訳ではない。

お互いしばらく無言で月を眺めていたが、ふと黒瑛が冬梅に顔を向けた。

「……それよりも、そろそろはじめないか？」

どこか熱のこもった視線に、冬梅はとうとうきたかと思って、微笑んでみせた。

しかしその仕草を焦《じ》らされたと感じたのか、黒瑛は眉を寄せる。

「もう我慢できない。俺が冬梅花妃《かひ》を呼ぶ理由は、分かっているだろう？」

どこか切なそうに訴えた黒瑛は堪《たま》らずといった様子で、冬梅の肩に手を置いた。

冬梅は自分の肩に置かれた手に、己の手を重ねる。

側《はた》からしたら、冬梅が男装をしているために男同士で熱く見つめ合っているようにしか見えず、誤解を招く構図だった。

「そう焦らずとも、分かっておりますよ……」

そう答えて妖艶に微笑んで見せた冬梅はグッと目を瞑《つぶ》った。思い出しているのだ。日頃の彼女のことを。

そして冬梅は万感の思いで口にする。

「相変わらず、皇后様は……お可愛《かわい》らしいお方でした！」

「だろうな」

冬梅の言葉に、顔を輝かせた黒瑛はうんうんと力強く頷いた。

「この前、茶摘みをしている皇后様を拝見したのですが、まるで天女が降臨したのかと思うばかりの愛らしさでしたよ。あれは、一度木彫り人形等でも構いませんので形に残して保存したほうがよろしいかと」

「やはりか。実は俺もそうした方がいいのではないかと思っていた」

「朝のご挨拶に伺った時、朝飲むお茶をどれにしようか迷われていたのですが、長らく迷った末に全部飲んでおられました。そして今日はとても天気がいいから特別に、などとおっしゃっていて……ですが、それ前日にも同じことをおっしゃっていたのですよね。もうそういうところも、可愛いの極みが過ぎるのではないかと愚考します」

「あー、分かる分かる。采夏はそういうところがある」

それからも、二人で采夏のあれが可愛かった、これが可愛かったと采夏談義で盛り上がる。

何を隠そう二人は会うたびに、采夏の話ばかりをしていた。

冬梅は、何よりも可愛いものが好きだった。そういった意味では、男性よりも女性に惹《ひ》かれる。

冬梅が男装をするのも、顔を赤くして自分に見惚《みほ》れる宮女達が可愛いからである。そして、実は皇后である采夏は、冬梅の好みのど真ん中。

秋麗も美しいが、あれは美しいが過ぎてしまい、冬梅の好みとは外れる。

燕春《えんしゅん》は可愛らしいが、幼さが目立ちやはり好みではない。

采夏の可愛らしさは、冬梅の理想そのものだった。

「陛下と初めてお会いした時、すぐに分かりましたよ。話が合いそうだなと」

楽しい話にすっかり気分を良くした冬梅はそうこぼすと、黒瑛も満足そうに微笑んだ。

「そうだったか。俺は正直、男装していたし、変な奴がきたなとしか思わなかったが……こんなに話が通じる妃がいるとはな」

黒瑛は正直、惚気《のろけ》話に飢えていた。

本当は、友人や知り合い達に、『俺の采夏のこういうところが可愛くてさぁ』などと惚気まくりたいのだが、黒瑛の立場がそれを許さない上に、政務が忙しい。

そして何より惚気る相手がいない。

陸翔《りくしょう》に言えば、一言目には『そんなことより仕事してください』と言われるのは目に見えているし、黒瑛至上主義の坦《たん》に言っても大して盛り上がらない自信がある。同じく側近の礫《れき》は、惚気話に乗ってはくれそうだが、話の内容が黒瑛の実母である皇太后に筒抜けになるように思えて気が引けた。

惚気たいのに惚気られない。その黒瑛の葛藤を解消してくれたのが、冬梅だった。妃ではあるが、男装をしているからか、どこか男友達と一緒にいるような気軽な感覚で話すことができる。

「冬梅花妃、そなたがきてくれて助かった」

黒瑛がしみじみとそう言うと、冬梅も深く頷いた。

「私もです。陛下が陛下のような方で助かりました」

二人はそう言って微笑み合うと、再び采夏の可愛らしさについて語り合うのだった。

「いやー、今日も実に有意義な時間だった」

采夏について黒瑛と語り合った冬梅は、満足気な様子で自分の宮に戻る。

輿《こし》が用意されているので乗って帰るのが普通だが、可愛いものについて語り合った夜は体が熱《ほて》るのでいつも侍女と二人夜道を歩いて帰ることにしていた。

夜とはいえ、ここは安全な後宮の中。夜盗に襲われるなどといったこともない。

冬梅が上機嫌でしゃべっていると、灯籠を持って前を歩いていた侍女がぴたりと足を止めた。

「ゆ、有意義な時間……だったのですか？」

そう問いかける侍女の顔にほんのり朱がさす。

まだあどけなさが残るこの侍女は、例の水害があった村出身の少女、小鈴《しょうりん》だ。

少し顔が赤いのは、有意義な時間と評したその時に何をしていたかを想像しているからだろうか。

少し気恥ずかしそうな少女がかわいらしく感じて、少女の耳に顔を近づける。

「おやおや、何を想像しているのかな？」

などと耳元で問えば、少女は「ひゃっ」とか細い声を上げた。

「ふふ、可愛いね」

「冬梅様！　もう！　揶揄《からか》うのはおやめください」

冬梅から距離を置いて耳を塞ぐその仕草もまた可愛らしい。

「……でも、最近、陛下はよく冬梅様をお呼び下さるので、仕える私達も嬉《うれ》しいです。後宮の宮女達の間では、冬梅様が一番の寵愛《ちょうあい》を受けているなどという噂《うわさ》も出てきているのですよ」

小鈴はどこか誇らしげにそう言った。

それもそうだ。自身が仕える人が、後宮の頂点に立つことほど宮女として誇らしいことはない。

（おやおや、そんなことになっているのか……。確かに、呼ばれる頻度が増えたからな……）

思わず遠い目になる。陛下が冬梅を寵愛しているなどという噂が広まるのは、できれば避けたかった。実際は、寵愛されていないというのもあるが、その噂を故郷の親類どもに聞かれたらと思うと堪《たま》らない。

変に期待されても厄介だ。

釘《くぎ》を刺しておいた方がいいだろうか。

「いや、残念ながら、それはないんだ。皇帝の寵愛は皇后様が独占している」

冬梅がそう言うと、小鈴はしゅんとした。

「そうなのですか？　ですが、皇后様にはあまり良くない噂がありますし、このまま冬梅様に、寵妃《ちょうひ》になっていただければ良いのですが……」

「よくない噂というのは、例の水害のことかな？」

「はい……。己の欲望のままにお茶を追い求める意地汚い者が皇后になったから水害が起きたのだと……」

小鈴の言葉に、冬梅はハハと呆《あき》れたように笑った。

「一体どうしてそのような噂が立ったのか。まあそう思いたくなる気持ちは、分かるが……。人は理不尽な不幸が訪れると必ず原因を求めるからな」

東州《とうしゅう》の水害は茶道楽の皇后の不徳による天罰。

そういう噂が市井で広まっているのは知っていた。徳を積んで民を導く立場の者が、お茶に耽《ふけ》っているというのはあまり良い印象がないからだ。

その噂を払拭するために、以前被災民に炊き出しをした。炊き出しの効果は多少あったように思ったが、まだまだ浸透してはいないようだ。

(小鈴がそう思っているということは、まだそう思う民もいるのだろうな。ここは一つ、小鈴だけでもそのようなことはないのだとハッキリ諭すべきか……)

冬梅は一瞬そう思ったが、どうもやる気になれなかった。

そこまでやってあげる義理はない。そう思う心が、冬梅の中に確かにあった。

「あれが、天罰かどうかは定かではないが、証拠も何もないことだ。あまりその考えにとらわれない方がいい」

「証拠……」

「安吉村《あんきつむら》があのようなことになって、辛《つら》い思いもあるだろうが、決して皇后陛下を恨まぬように。いずれ、かの地も復興し、また今まで通りに過ごせる時が来るはずだ」

冬梅がそう言うと、小鈴の顔が和らいだ。

「そう、ですよね……！　ああ、早く村のみんなと故郷に帰りたいです！」

無邪気な笑顔を見せる小鈴に冬梅はホッと胸を撫《な》でおろした。

だが、ふと思う。

（皇后陛下は良い方だとは思う。だが、果たして皇后に向いているのかと言われれば……）

素直に頷《うなず》けないのが正直なところだった。

皇后というのは、妃《きさき》の中でも別格だ。

皇帝の子を産み育てることが至上の命である妃達の中で、皇后は唯一国の政務にも口を出せる特別な存在だ。

冬梅は、立場上、皇后である采夏を敬っているし、人として嫌いではないのも事実だ。

だが、臣下が皇帝に忠誠を誓うように、冬梅が采夏に忠誠を誓えるかと言えば、そうではない。

今ひとつ、何か足りない気がしてしまう。

以前、秋麗が、毒見なく皇后がお茶を飲むことを非難した。

冬梅は無礼な口が過ぎる秋麗を責めたが、真《まこと》に采夏を皇后として忠誠を誓うのならば、毒見なしで無邪気にお茶を飲む皇后を諌《いさ》めるべきだった。

皇后の身を何よりも優先すべきだからだ。

あの時、冬梅が采夏を諫めなかったのは、皇后として認めてないという証左に他ならないような気がした。

冬梅は皇帝の黒瑛のためなら、臣下として命を投げ出せるが、皇后である采夏のためにはそこまでできない。

替えが利く。そう思ってしまう。

「我ながら、厄介な性格だ……」

人として采夏のことを好いているのに、臣下としてはこれ以上入れ込むことを拒絶している。

ふうと息を吐き出して空を見上げた。

皇帝と見上げた満月が、まだ空に浮かんでいた。

紫陽花《あじさい》が咲き始めた。

後宮では季節の花々が育てられている。紫陽花もその一つで、至る所で紫陽花が見られた。

今日は、その紫陽花がよく見える場所で、妃達の花見会が行われていた。

まだ見頃とは言えないが、蕾《つぼみ》やポツポツと咲く青紫の花々に艶々とした緑の葉が見ていて楽しい。

「どうして、陛下はこのような男女を呼ぶのかしら。そういえば、以前、陛下には男色家という噂があったとか。まさかねえ」

皇后と三人の妃が集まった茶会の、開口一番嫌みを放ったのは、予想通り秋麗だった。

嫌みの相手は冬梅である。

長い指を自分の顎にやり、実に挑戦的な笑みで冬梅を見ていた。

冬梅はうんざりして肘掛けに少しもたれて、軽く目を細めて睨《にら》む。

が、秋麗は余裕の笑顔で冬梅の眼光を受け止める。

「え!? えー!? だ、だ、だ、男色家ー!? ちょ、ちょ、ちょ、それはちょっと待ってください！ でもでもそれは、それで、美味《おい》しいのでは!?」

などと冬梅の隣から嬉しそうな歓声をあげているのは、例の如《ごと》く燕春だ。

燕春は、基本あまり他の妃と話そうとしないのだが、突然奇声をあげるのでなんとなく冬梅は苦手に感じている。悪い人ではないとは思うのだが。

「陛下は男色家ではない。そもそもその発言は、不敬ではないか」

「あら、私、別に陛下が男色家だなんて言ってないわ。ただ、そういう噂があったと言っただけですもの」

つーんと言ってのけて秋麗は、ふんと顎をそらした。

「屁理屈《へりくつ》を……」

と苦々しく呟《つぶや》く冬梅のことなど気にならないとばかりに、秋麗は采夏に顔を向ける。

「ねえ、皇后様」

と少し甘えたような声で呼ぶと、真っ赤に塗った唇に笑みを作って口を開いた。

「皇后様は、どう思われます？ 陛下が男色家かもしれないという噂について」

突然尋ねられた采夏は一瞬目を丸くした。

黒瑛に男色家の噂が立ったのは、秦漱石《しんそうせき》の時代に妃に手を出さなかったことが原因だ。

秦漱石が用意した後ろ盾のない妃を忌避してのこと。

秦漱石を処分した今は、その男色家の噂も下火になっているはずだ。というか、黒瑛は男色家ではない。

黒瑛が男色家ではないことを、何よりも采夏自身が身をもって知っている。

「え？ えーっと、陛下は、男色家ではないと、思いますよ」

二人きりになるとたんに甘えて膝枕を要求する黒瑛や、油断するとすぐに口づけをしてくる黒瑛、それに夜の諸々《もろもろ》……色々な場面を思い出してしまい、采夏は少し顔を赤らめた。

その顔を見て、先ほどまで笑みを貼り付けていた秋麗がとたんに不機嫌そうな顔になった。

「……あら、そうですの。それってつまり、男色家ではないと断言できることを、陛下が皇后様になさっている、ということですか？」

そう尋ねる秋麗の声には険しさがあった。

冬梅は、秋麗の態度の変化に思わずため息を吐き出した。

「えっ！　それは……その……」

一方、秋麗に問い詰められた形の采夏は恥じらうように顔を赤らめて口籠っていた。

その様が、言葉よりも雄弁に語っている。

「あ……何この会話……ちょっと、誰か！　誰か書き留めて！　あとどなたか絵師の方いますか!?　皇后様の今の表情を誰か……紙に！　残して……！」

また、燕春が喚《わめ》いている。

一方秋麗の瞳に宿る険しさが、ますます強くなるのを見て、さすがに冬梅は口を開いた。

「秋麗風妃いい加減にしろ、そう皇后様を困らすものではない」

たまらず冬梅が口を挟むと、秋麗の鋭い眼差《まなざ》しは冬梅に向いた。

悔しそうに軽く唇を噛《か》む秋麗の瞳には、嫉妬の炎のようなものがある気がした。

(愚かにも、陛下に寵愛されている皇后様に嫉妬をしているわけか。まったく、相変わらずだ……)

感情がそのまま顔に出ている秋麗に呆れてしまう。

「あなたも、いつもいつも皇后様皇后様って……皇后様の何のつもりなの？」

「え？ 何って……それは、もちろん、この後宮という場において仕えるべきお方で、私はただの臣下、だが？」

一体何が言いたいのだ、と質問の意図がよくわからない冬梅は戸惑いながら答える。

「ふーん、仕えるべきお方ねえ。果たして本心かしら。いつもいつもそうやって皇后様に媚《こ》びを売ってご機嫌伺いばかり……もっと他に巨大な感情があるのではなくて？」

「きょ、巨大な感情……？」

「例えば、私のよう……んん！ 違うわよ！ 私は別に巨大な感情なんて、皇后様に抱いているわけじゃないのだからね！」

何故《なぜ》か少々顔を赤らめて焦って物申す秋麗に、冬梅はやはり言わんとしていることがわからず首を傾《かし》げる。

「つ、つまり！ 私が言いたいのは……皇后様に媚びを売って……卑しい方ねということよ」

「どちらが卑しいか。自分の立場を弁《わきま》えろ」

冬梅は呆れたようにそう言うと、二人の間で睨み合いが始まった。

妃達で集まると必ずこうなる。後宮では日常茶飯事だった。

先ほど、秋麗に黒瑛が男色家かどうかを尋ねられて戸惑っていた采夏だったが、今はすっかり気を取り直して湯を沸かす鍋の様子を見ていた。

そして無邪気に微笑《ほほえ》む。

「お湯もいい具合ですよ。秋麗風妃、またお茶を点《た》ててくださいますか」

明るい声でそう話しかけられた秋麗風妃は、視線を皇后に移した。

「ええ、もちろんでございますわ」

先ほどまで冬梅と睨み合っていた険しい顔が嘘《うそ》みたいに晴れやかな笑顔になってそう答える。ほとんど別人のようだった。

冬梅は戸惑い思わず目を見張る。

（なんだこれは……。嫉妬に狂いそうな目で、皇后陛下を見たと思ったら今は楽しげな笑顔を皇后様に見せている。秋麗風妃の考えていることがいまいちよく分からない……。何か企《たくら》んでいるのだろうか）

訝《いぶか》しげな視線を向けてみるが、今の秋麗は采夏に夢中といった具合で冬梅が疑いの眼差しを向けていることに気付きもしない。

「どうか燕春月妃《げっぴ》や冬梅花妃《かひ》にもお茶をお願いできますか？」

「皇后様がそう仰せになるのならいいですけど」

采夏の願いに軽やかに秋麗が応じると、何故かふふんと勝ち誇ったような笑顔で冬梅を見る。

（本当に、一体なんなのだ……）

冬梅が呆《あき》れ返《かえ》っているうちに秋麗が茶碗《ちゃわん》に緑の粉のようなものとお湯を少し入れる。

そして小さな箒《ほうき》のようなもの——茶筅《ちゃせん》でかき混ぜ始めた。

「こ、これは……」

袖をたくし上げ、一心不乱といった様子で茶碗の中身をかき混ぜる光景には覚えがあった。

以前、ものすごい剣幕で皇后の宮を訪れていた秋麗が、逆にものすごい剣幕でお茶を混ぜるよう促す皇后に言われるままに混ぜていたあの時のことだ。

今思えば、あの時以来、秋麗と采夏の距離が近くなった気がする。

しばらくすると秋麗が混ぜ終えたらしいお茶を冬梅に渡してきた。

碗《わん》の中に、こんもりとした白い泡が盛られている。闘茶《トウチャ》だ。

引き続き、秋麗は別の茶碗をかき混ぜている。燕春の分だろう。

「冬梅花妃、是非召し上がって」

采夏に促されて冬梅は泡を口に含んだ。

口当たりが、ふわふわとした変な感触だった。お茶を飲んでいるような気はしない。だが、泡からお茶独特の草っぽく青々しい風味が口の中に広がる。そして舌の上にざらりとしたお茶の粉が残った。

「これが、西方の大使を唸《うな》らせた闘茶ですか。不思議な味わいですね」

冬梅はそう漏らす。まずくはないが、いつも飲み慣れている普通のお茶の方が好みではある。

「本当ですね。お茶の雲を食べているみたいです」

と楽しそうに答えたのは、燕春だ。いつの間にかお茶が完成して渡されていたらしい。

「はい、こちらは皇后様の」

という声が聞こえて顔を上げれば、秋麗が皇后に茶碗を渡していた。

采夏は感謝を述べて受け取ると、じっくりと闘茶の見た目の美しさを堪能《たんのう》してから、茶碗に口をつけてゆっくりと傾《い》けた。

采夏のお茶を淹れる所作も美しいが、お茶を飲む様もどこか気品がある。

思わず冬梅が見入っていると、シャカシャカとお茶をかき混ぜる音が聞こえてくる。

音のする方を見れば、予想通り秋麗がまだお茶を点てていた。

美しい顔にはきらりと光る汗が浮かんでいた。額には、前髪が汗で張り付いている。顔つきも真剣そのもので、いつもの蠱惑《こわく》的な微笑もない。完璧に化粧を施して澄ました顔をした普段の秋麗とは、全くの別人だ。だというのに、生き生きとしていて美しい。

（本当にあいつはいったいどうしたのだ）

訝しげに冬梅が秋麗を観察していると、また闘茶ができたようだ。

てっきりその闘茶は、秋麗自身が飲むものだと思ったのだが。

「皇后様、どうぞ。二杯目です」

「ありがとう、秋麗風妃」

出来上がった闘茶は皇后に渡された。しかもまたお茶を点てはじめた。

「秋麗風妃は飲まないのか？」

「ええ、私は結構よ。あまりこのお茶の味は好きじゃないの」

「じ、自分で淹れておいて……」

「ふん、何も知らないのね。冬梅花妃。闘茶の善《よ》し悪《あ》しは、見た目で決まるのよ。味なてどうでも良《い》いの」

「身も蓋もない……」

冬梅は呆れてそう言うが、秋麗は気にせず出来上がった闘茶を采夏の前に出した。

「はい、皇后様。次の闘茶です」

「ありがとう」

采夏の酒豪ならぬ茶豪ぶりは、ここにいる誰もが知るところ。

秋麗が出したお茶をするすると消費していく。

(不思議だ。飲む前には、しっかりと闘茶を眺め回した上で、丁寧な所作でお茶を飲んでいるというのに……早い)

軽く一瞬碗に唇をつけたと思ったら、もう中のお茶を全部飲み終わっているという不思議なことになっていた。

秋麗も頑張ってはいるが采夏の飲みっぷりには追いつかない。

「小鈴、秋麗風妃を手伝ってやれ」

冬梅は自身の侍女にそう声をかけた。

秋麗のことだから余計なお世話などと言うかもしれないと思ったが、意外にもすんなりと受け入れた。

小鈴に茶碗に茶の粉とお湯を注ぐ役割を命じて、自身はひたすら茶をかき混ぜることに集中しはじめる。

秋麗自身も、このままでは采夏の飲みっぷりに追いつかないと思ったのだろう。

(あの秋麗風妃をここまでさせる、闘茶とは一体……)

冬梅が変なところで感心していると、皇后が口を開いた。

「そうだわ。皆さんに蓋碗《がいわん》を贈ろうと思っているのです」

「蓋碗、ですか？」

燕春が興味深そうに尋ねると采夏は深く頷《うなず》いた。

「一緒にお茶をすることも増えましたし、それぞれ専用の茶器があってもよいかなと。後ほどのような茶器が良いか伺いますので、考えておいてくださいね」

采夏がわくわくとした様子でそう言った時、「きゃ」と小さな悲鳴と何か硬いものが落ちる音がした。

見れば、秋麗の手が滑ったのか、茶碗が落ちていた。床には分厚い敷物《しきもの》が引かれていたため、碗は割れてはいなかったが中にあった白い泡がこぼれてしまっている。

（お茶を……こぼした！）

その光景に、この場にいる妃《きさき》と宮女達の顔色がさーっと青ざめた。

そして恐る恐るという感じで、皇后の采夏へと視線を移す。

采夏は、基本的にはとても温厚だ。後宮の宮女達からも、優しい方だと思われている。

だが、ことお茶に関してだけ、大きく感情を乱すことがあるのも有名な話。

そのお茶をこぼしでもしたら、一体どうなるか。その場に冷たい沈黙が流れた。

「も、申し訳ありません。手が滑って……」

と流石《さすが》の秋麗も青い顔で謝罪を口にすると……。

「まあ！　秋麗風妃は、闘茶の楽しみ方をよく知っているのですね」

予想に反して明るい声が采夏から漏れた。

「……え？」

「闘茶は、こうやって泡でお絵描きをして楽しむこともあったようです。細かく美しい泡であればあるほど、泡で描いた絵も長く残る。しかし泡は泡、いつかは消えてゆく美しさ……風流ですね」

「な、なるほど」

秋麗から気の抜けた返事が漏《も》れる。

両手を打って、楽しそうに床に落ちた泡を楽しむ皇后の様子に、その場にいた誰もが胸を撫《な》で下《お》ろした。

（まったく、秋麗風妃め、ハラハラとさせてくれる……）

冬梅はそう思って、秋麗を見る。

どうやら闘茶を点てるのをやめたようだ。茶筅を持っていた手首が疲れたのか、ぷらぷらと揺らしている。

そしてその手首で揺れる銀の飾りものに目を留めて、冬梅は目を見開いた。

（あれは……銀の腕輪が変色している？）

銀の輪の一部が、くすんでいた。

美意識の高い秋麗が、くすんだ色の腕輪をつけてくるとは考えられない。

となれば、あの変色は、この場で起こったと言うことだろう。

銀は、毒に触れると変色する。つまり……。

(この場に毒が持ち込まれていた……?)

冬梅は思わず、ひたりと忍び寄るような悪意を感じて、息を呑《の》んだ。


冬梅は自分の宮で、ひとり静かに物思いに耽《ふけ》っていた。

外は、雨がしとしとと降っており、今日は宮の中に籠る予定だった。

だが、こうやって暇を持て余していると、先日の紫陽花《あじさい》の花見会を思い出す。

楽しい茶会の終盤で見てしまった、秋麗の銀の腕輪の変色。

冬梅は、あの場で、銀の腕輪が変色していたことを言い出せなかった。

何も言えず、あのまま花見会を終えて、今に至る。

幸いなことに花見会から三日ほど経過しているが、妃の誰かが倒れたというような話は聞かない。あの腕輪についた毒は、誰の口にも入らなかったのだ。

(おそらく毒は、秋麗が落とした闘茶に入っていたのだろう)

毒物が床に落ちたために、誰も飲まずに済んだ。

それに腕輪が変色したのも、闘茶を撃払《げきふつ》しているうちに飛沫《ひまつ》が腕輪に付着したということで説明できる。

一体あの毒は、誰が、何のために、誰を狙って。

いや、少し考えれば答えは分かりきっている。

（おそらく秋麗風妃が、皇后の命を狙って闘茶に毒を入れた）

そう考えるのが自然だった。

皇帝の寵愛《ちょうあい》を欲する秋麗ならば、毒を入れる動機も十分にある。

（毒を入れた闘茶を落としたのは、わざとだろうか？　流石にあの場で、皇后陛下が倒れでもしたら、真っ先に疑われるのはお茶を用意した秋麗風妃だ。感情のまま毒を入れたが途中で我に返り踏みとどまったのかもしれない）

冬梅はあの時、一心不乱に闘茶を点《た》てる秋麗を思い出して、顔を曇らせた。

あの時の秋麗は、生き生きと溌剌《はつらつ》としていて、確かにいつもと様子が違った。

毒という姑息《こそく》な手段を用いて皇后を追い落とそうとしていたからだろうか。

（まったく。未遂で終わったとは言え、一瞬でも皇后陛下に毒を盛ろうとするとは……）

内心でそう嘆いた冬梅だったが、ふと我に返り、自嘲するような笑みを浮かべた。

「いや、私も秋麗風妃のことは言えないな。毒を盛った者があの場にいると分かっていたのに、指摘しなかったのだから」

小さく呟《つぶや》かれた言葉は雨の音に消えていく。

だが冬梅の中の暗い気持ちは晴れていかない。

冬梅の立場なら、毒が盛られたかもしれないとあの場ですばやく指摘するべきだった。でもしなかった。

(狙いが皇后であることは、すぐに分かった。だから試そうとしたのだ。こんなことですぐに毒殺されてしまう者であるならば、皇后に相応《ふさわ》しくないと)

自身が仕える者として、今の皇后は物足りない。

結局のところ、冬梅の本心はそこに行き着く。

どれほど敬うような素振りを見せようと、どこか冷めてしまっている。

変わり者の皇后、ただ優しいだけの女、つまらない凡夫《ぼんぷ》。

可愛《かわい》らしい方だとは思うが、それと仕えたいと思える者であるかどうかは、また別だ。

(東州の水害の件に対する対応にしてもそうだ。被災民に一時的な施しを行い、それで終わり。今なお土砂で潰れた安吉村のことなど、気にもかけていない。……お茶のことばかりだ)

冬梅も、皇帝と会う時には東州の被災民の件について、慈悲を頂けるようにそれとなく何度か陳情している。だが、あまり強くは言えない。所詮冬梅は妃。妃は、国の政《まつりごと》にはかかわることはできないのだ。

だが、皇后は違う。皇后は後宮にいる女の中で、唯一政治に関わることができる。

だというのに、彼女にはその自覚がないように思える。

小鈴から水害は皇后の不徳のせいではないかと問われた時、はっきりとは否定しなかった。無闇に疑うのはよくないと、そう諭しただけ。

はっきりと否定しなかったのは、きっと冬梅もまた采夏のせいかもしれないと思ってしまう心があるからだろう。

東州の民達のことなど忘れて、お茶に耽るその様を、たまに憎たらしく思う時がある。いっそのこと、今の皇后にはご退場頂いて、別の者が皇后に立ってくれたら少しはすっきりするのだろうか。

「ふ……。なんて私は傲慢なのだろうか。秋麗風妃のことは責められないな」

額に手をやり、自暴自棄な笑い声を吐き出して酒を煽《あお》った。

冬梅は、お茶よりもお酒が好きだ。

特に皇后の淹《い》れるお茶は、美味だとは思うがあまりにも……清らかすぎる。

「冬梅花妃様、失礼いたします。皇后陛下がおこしです」

侍女の小鈴がくると、そう言った。

「皇后陛下が……？」

ふと窓の外を見るとまだ雨が降っている。雨が降る中、わざわざ何のためにきたのだろうか。

疑問に思うが、ゆっくりはしていられない。

采夏が来たのなら、歓待しなくてはならない。

たとえ冬梅が心の底から采夏に忠誠を誓っていないのだとしても。

雨の中、わざわざ冬梅の宮まで足を伸ばした采夏の目的は、何のこともない。

茶器のためだった。

「えっと、どのような茶器が欲しいか、ですか？」

冬梅が戸惑いながらそう尋ね返すと、采夏は頷いた。

そう言えば、先日の花見会で、妃全員に蓋碗《がいわん》を贈りたいというような話があったことを思い出す。

あの後、毒のことで頭がいっぱいになってすっかり忘れていた。

「しかし、わざわざ雨の日に来られなくともよろしかったのに。いえ、おっしゃって頂ければ私が伺いましたものを」

「居ても立ってもいられなかったものですから」

またお茶のことか、と乾いた笑いがこぼれそうになるのを冬梅はどうにか押し止《とど》めた。

雨の日は、気分を陰鬱とさせる。

「……それに、安吉村のことでもご相談があったのです」

「え……」

まさかの単語が皇后の口から漏れてきて、冬梅は目を見開いた。

「水害地の復興が上手《うま》く進んでいないと、陛下からもお話がありました。原因としては少し言いにくいのですが、土砂を取り除く労力に見合う見返りが、あの地にはないという話なのです」

「見返り……。しかしあの地には村人の先祖達が眠っていて、彼らにとっては故郷で……」

「ええ、分かっています。ですから、少し冬梅花妃に伺いたいのですが、安吉村では竹細工作りを生業にされている方が多いとか。つまり近くに竹林があるのですよね？」

「え、ああ、そうです。あたりは竹林に囲まれている地でして……」

「良かった。でしたら、もしかしたら、野生の茶木があるかもしれません。いえ、なかったとしても、茶作りにはもってこいの土壌です。竹林あるところによい茶畑があるもの。特に竹林からの竹の清廉な香りが茶葉にも移って、出来上がったお茶からも清々《すがすが》しい青さを感じられます。あ、冬梅様は陽羨茶《ヨウセンチャ》をご存じですか？　こちらの茶畑にも、周辺に竹林が広がっていて微《かす》かに竹が香る誠に見事なお茶で……」

「こ、皇后様、そのつまり何の話なのですか？」

「あ、いけない。私ったら、ついいつもの癖で！　つまり私が言いたいのは、安吉村を茶の産地にするのはいかがかなと思ったのです。お茶は青国の経済を支えている大きな基盤です。様々な国との交易にも利用されています。いくらあってもいいのです。ですから、安吉村を茶の産地として復興するという話になれば、商人達も動いてくれるのではないかと思うのです。そうなれば、人も金も集まり、早々に安吉村の土砂は取り除かれるのではないかなと」

采夏の話を聞きながら、冬梅は目を何度か瞬《しばた》かせた。

あの茶道楽の皇后の口から出た話なのだとは到底思えなかった。

「……それは、皇后様のお考えですか？」

「はい。冬梅様によろしくと言われておりましたので、何かお手伝いできることはないかとずっと考えていました。とはいえ、私が誇れるのはお茶についての知識しかありませんので、このような形となりましたが」

采夏の言葉に、冬梅は胸の奥が苦しく感じた。

無能だと、能天気な茶道楽だと思っていた采夏が、そこまで考えてくれていたことに動揺している。

「……皇后様。その……感謝申し上げます」

うまく言葉にできず、しどろもどろになりながらなんとかそう口にした。

まだ気持ちが追いつかない。

先ほどまで、何もしない愚かな皇后だと思っていたのだ。それなのに……。

「でも、この話はまだ陛下には申し上げていないので、うまくいくかはわからないのですが」

「いえ、その、その御心遣いが痛み入ります」

冬梅がそう答えると、采夏はにっこりと笑みを浮かべて手を打った。

「それでは、話を戻して茶器についてどうしますか？」

そうして茶器の話に移る。先ほどまでの真面目な表情をしていた采夏とは別人のような変わりようだ。それにもまた冬梅は戸惑った。

「あ……茶器は……何でも。私に似合う男っぽいもの……飾り気のないものであれば」

「飾り気のないもの、ですか？　そうですね……突然ですから迷われますよね。良ければ参考に、私の使っている蓋碗なども」

と言うと、皇后の侍女が鞄《かばん》からいくつか茶碗《ちゃわん》を取り出した。

「すでにお妃《きさき》様方のために、碗自体は焼き上げているのです。後は絵柄をいれて再度焼くだけ。これらの見本の中から気になるものがあればおっしゃってくださいね」

そう言って示された蓋碗はどれも色鮮やかな物だった。

その中でも、白磁に薄桃色の小さな花が描かれた少し小ぶりな蓋碗に目がいく。

可愛らしい絵柄だった。まるまるとした柔らかい形も冬梅の好みだ。

その可愛らしい絵柄にふっと思わず微笑《ほほえ》んで、そしてその隣に視線を移すと、真っ黒な茶器があった。飾り気がなく、男性が好んで使いそうなもののように思えた。

冬梅はこの黒い茶器を指した。

「これに似たものが欲しいですね」

「こちら、ですか？」

不思議そうに采夏が小首を傾《かし》げる。

「ええ。この黒釉《こくゆう》の碗に似たようなものであつらえていただけますか。絵柄はそうですね、むしろなくても良いかもしれません」

冬梅はそう答えて、微笑んだ。

安吉村のことを言われて戸惑っていたが、少し落ち着いてきた。

正直なところを言えば、采夏のことを見直した。

何も考えていないのかと思っていたが、そうではないのだと思えたことはよかった。

だが、だからといって、采夏が皇后に相応しいとするには足りない。

こんなことで今まで溜《た》まった鬱屈を払拭することはできない。

しかも、ここにきても打開策はお茶だ。茶畑として復興させるという話は正直悪くないとは思うが、茶道楽の采夏が、軽い気持ちで思いついた話のようにも思えてきた。

「黒釉の茶器は人気なのですね。実は、秋麗風妃もこちらの茶碗がよいとおっしゃられて」

「秋麗風妃が、こんな黒い、無骨な茶器を？」

にわかには信じられない。あの妃のことなので、金や朱色を使って煌《きら》びやかな茶器をねだりそうだが。

「ええ、闘茶の白い泡を映えさせるために、黒がよいのだとか」

「ああ、なるほど。確かに言われてみると、白い泡を際立たせるためには黒が良《い》いかもしれませんね」

「……冬梅花妃、もしよろしければ、こちらの茶器のようなものが欲しいとおっしゃった理由を伺っても？」

采夏から躊躇《ためら》いがちにそう尋ねられて、少し不思議に思った。

（理由？　そんなもの、私の姿をみればすぐに分かると思うが……）

冬梅は今日も男装だ。新緑色の袍《ほう》を着て、頭につけた髪飾りも引っ詰めた髪をまとめるためにつけただけの、飾り気のないもの。

「これが私に一番似合っているからですよ。他の茶碗は、少々私には可愛らしすぎる」

冬梅がそう言うと、その答えが意外だったのか、采夏は目を丸くした。

冬梅としては、そこで驚かれたことに驚いてしまう。

（私がこの中から選ぶとしたら、これ以外にないと思うが……）

戸惑う冬梅の前に、采夏は一つの蓋碗を手に取った。白磁に薄桃色の花が描かれた、小ぶりな蓋碗だ。

「先ほど、こちらの蓋碗を目で追っていたようでしたので、こちらのような碗がお好きなのかと思ったのですが」

冬梅は思わず目を瞬いた。

よく見ている。確かに冬梅は、この碗が気になっていた。可愛《かわい》いと思って、目で追っていた。

だが、この蓋碗はあまりにも、可愛すぎる。

「これは……私には似合わない」

冬梅は軽く微笑んで、首を横に振る。しかしその答えが満足のいかないものだったのか、采夏の顔が曇った。

「似合う似合わないではなくて、好きか嫌いかの話をしているのです」

「好きか、嫌いか？」

そう問われれば、白磁の可憐《かれん》な蓋碗が好みだ。

「……ですが、私がこんな可愛らしい蓋碗など持っていては……変に思われる」

そう言って冬梅は黒い蓋碗を手に取った。

「周りの人間達は私にこれを持っていて欲しいと思っているのではないかな。……みんなの期待を裏切りたくない」

「みんなの期待……？」

そう言って采夏は眉根を寄せた。

その反応に、また冬梅は戸惑ってしまう。采夏が何を不満に思っているのかが、よく分からない。

しばらくして采夏が改めて口を開いた。

「よろしければ、冬梅花妃、私と一緒にお茶を飲んでいただけませんか」

にっこりと有無を言わさぬ笑みがそこにはあった。

突然お茶を飲みたいと言った采夏は早速冬梅にお茶を淹《い》れてくれた。

「采夏岩茶《がんちゃ》です」

采夏岩茶というお茶。

茶壺《ちゃつぼ》から茶杯に並々と注がれたお茶は濃い茶色だった。

普段、薄い黄色や緑といったお茶を口にする冬梅にとって、この色は見慣れない。

それに色が濃ければ濃いほど、お茶というのは渋みと苦みが出ている印象がある。

「こちらは、私が作ったお茶です。まだ、自信を持って完成とは言い切れないのですが、改良に改良を重ね、確実に良いお茶へと育っております」

「こちらがあの……采夏岩茶」

話には聞いたことがあった。茶道楽の皇后が一番気にかけているという幻の茶葉だ。まだ、皇后の納得がいくところまでできていないとのことで、ほとんど世には出ていないのだとか。

（この色から察するに、苦みの強いすっきりとしたお茶だろうか）

冬梅は特にお茶に対して好みというものはない。すっきりとした苦みの強いお茶も好むし、龍井茶《ロンジンチャ》のように苦みの中にも甘みのあるお茶も好きだ。

「まさか幻の采夏岩茶を飲めるとは。では頂きます」

そう言って、口につけた瞬間。ブワリと口の中に、花束が広がったような心地がした。

期待していた緑茶独特の青々しい苦みは全く感じない。あるのは、花のような芳しさに、芳醇《ほうじゅん》な風味。

見た目からは想像もつかなかった新しいお茶の味に、思わず目を見開いた。

「これは……」

「采夏岩茶は、発酵させて作ったお茶です。青国ではすぐに茶葉を殺青して発酵を止めて作るお茶を『緑茶』、微かに自然発酵させたものを『白茶』、そしてもう少し深く発酵させたものを『青茶』と分類しています。采夏岩茶は『青茶』。今まで飲んでこられた『緑茶』とは全く違う味わいだったかと思います」

「はい……。初めての体験、でした。それに、この色。あまりにも濃くて、煮出しすぎたお茶のようで、てっきり苦みが強いのだろうと思っていました」

「……お味はいかがでしたか？　期待した苦みがなくてがっかりしましたか？」

「いや、まさか。これはこれでとても美味《おい》しいお茶です！　驚きこそあれど、がっかりなど……」

そこまで冬梅は言って、気づいた。采夏が言わんとしていることに。

冬梅が思わずまじまじと采夏を見ると、彼女は笑った。

「期待したものと違ったからと言って、必ずしもがっかりされるとは限りません。いえ、たとえがっかりした方がいたのだとしても、だからと言ってそれそのものに価値がないということではないのです。この采夏岩茶もそう。お茶を飲んで、期待した苦みがないからまずいということにはならない。このお茶はこれで間違いなく美味しいのです」

采夏の言葉に、一瞬冬梅は固まった。

そんな風に言ってくれる人に、今まで出会ったことがなかった。

思わず、冬梅は顔を伏せて、口を開いた。もっと采夏の話を聞いてみたいと思っていた。

「皇后様は周りの期待を裏切ることが、怖くはないのですか？　私は……怖い」

冬梅は、少しためらうように『怖い』という言葉を吐き出した。

そう、怖いのだ。

冬梅は昔の頃を思い出していた。いつも大人の期待を背負っているような気がしていた。

「私は両親にとって初めての子供。当然、世継ぎとして男であることを望まれていた。だが、生まれたのは女である私だ」

冬梅は遠い過去の記憶を遡りながら口にする。

お茶が喉を潤したからだろうか、言うつもりなどなかったのに、止まらない。

「父と母は、幼い私が男勝りな振る舞いをすると喜んだ。男装をするようになったのも、親の期待に応えたかったからだ。……本当は、可愛らしいものが好きだった。槍《やり》の玩具よりも、華やかに着飾った人形で遊びたかった。だが、周りはそれを望んでいない」

「冬梅花妃……」

冬梅の告白に、采夏は驚きで目を見開く。

「私は何をするにも、選ぶにも、自分の好きなものではなく……周りが期待する男らしいものを選んでしまう。もう癖のようなものなのです」

「では、冬梅花妃が、この黒い蓋碗《がいわん》を欲しいというのは、そう周りが期待しているからということですか？」

「そういうことになりますね」

冬梅の諦めの響きのある肯定に、采夏は悲しそうに瞳を伏せた。

「期待に応えたくなる気持ちは、私も分かります。……私は青国の民に静謐《せいひつ》で、質素で慈愛深い皇后を期待されています。茶道楽の皇后など、民は求めていないのです」

「皇后様、それは……」

否定しようとしたが、うまく言葉が出なかった。なにせそれは事実だからだ。民は、茶道楽の皇后ではなく賢く慈悲深く徳の高い皇后を欲している。

ふと冬梅は自身が抱えていたものが、小さく感じた。

冬梅は確かに、親類や身近なもの達に『男性らしい』ことを期待されている。だが、采夏は、国民全員に『皇后らしい』ことを期待されている。

それは一体どれほどの重みだろうか。想像すらできない。

驚き戸惑う冬梅の前で、そんな冬梅をしっかりと見据えて采夏は口を開く。

「……己を偽ってまで期待に応えた先に何があるのでしょうか。それに先ほどのお茶のお味はどうでしたか？　期待したものと違った。でも、美味しかったのではないですか？」

「それは確かに……美味しかったです」

「期待したものでなくとも、味わってみれば良かったと思えるものはたくさんあります。期待に応え続けられるということは、それだけ努力をしているということ。それはそれで素晴らしいことです。ですが、期待に応えられなくとも、冬梅花妃はすでに素晴らしいのです」

皇后の言葉には重みがあった。

自身と同じように、周りの期待を背負っている人だからだろうか。妙な説得力がある。

冬梅は、目の前の卓に置かれた薄桃色の小花が描かれた蓋碗を見た。

「私は、この桃色の蓋碗を選んでも良いのでしょうか……」

「もちろんですよ。これはただの見本なので、もっと冬梅花妃のお好みのものを誂《あつら》えましょう」

采夏の言葉に、冬梅は体の中心がじんわりと温かくなっていくのを感じる。

「皇后陛下……感謝いたします」

嚙《か》み締《し》めるようにその言葉を発した。

「いいえ。蓋碗を贈るのは、私がただ皆さんに贈りたいからなのですから」

そう言って笑う采夏の顔つきは優しかった。

先ほど冬梅が感謝を伝えたのは、蓋碗を贈ってくれることだけではないのだが、なんでもないことのように笑う皇后の素直さに、冬梅はどこか救われていくような思いだった。

そして気づいた。冬梅が、今まで采夏を認められなかった理由は……。

(そうか、私はただ苛立《いらだ》っていたのか。周りの期待に無頓着なように見える皇后に。

皇后はちゃんと分かっておられる。自身にかけられた期待も、その重さも。現に皇后は、だが、安吉村の者達のことについて心を痛め、打開策までも考えてくれていたではないか。何も分かっていなかったのは、私だ……)

自分があまりにも小さく感じた。

安吉村のことも、皇后であるならばどうにかできるだろうと押し付けて、自分は何もしていないではないか。

相手に勝手に期待して、できなかったら恨む。

そんな器の小さい自分だからこそ、他人の期待を裏切るのが怖く感じるのかもしれない。

期待通りでなくても、良《い》いものはたくさんある。そう思える皇后があまりにも眩《まぶ》しく感じられた。

「ああ、そういえば、可愛らしいものがお好きなのでしたら、装いもお好みのものを誂えましょうか？」

采夏にそう提案されて、ハッと我に返る。そして、自身の装いを見直した。

深緑色の袍《ほう》に、男物の飾り気のない羽織《はおり》をかけている。どこからどう見ても、貴公子の出立《いでた》ち。

冬梅は可愛いものが好きだ。だからもちろん淡い色の、女性らしい柔らかな服も大好きである。花柄や、金魚の絵柄、キラキラした宝石などがちりばめられているものには、心が躍る。

だが、最も冬梅が可愛らしいと思うものは……。

「皇后様、お髪《ぐし》に何かつけておられますよ」

冬梅はそう言うと、采夏の後頭部に手を回す。そしてそのままぐいと頭ごと采夏を引き寄せた。そして左手で采夏の顎に触れて顔を冬梅の方に向かせる。

「えっと、冬梅花妃……？」

戸惑う采夏の顔はほんのりと赤い。

何せ、今にも唇が触れてしまいそうなほど、冬梅と采夏の顔が近かった。

冬梅は女性ではあるが、一見すれば麗しい貴公子。そんな彼女の端整な顔が近くにきて、戸惑わずにいられる女性はそうそういない。

「確かに、私は可愛《かわい》いものが好きです。そしてこの世で一番可愛らしいものは、なんだかわかりますか？」

「い、一番可愛らしいもの……？」

「そう、それは……」

冬梅はそう言って、クッと口角を上げて笑みを浮かべた。

「私を見て頬を染める女性達です」

そう言われて、采夏の頬の熱は一段と高くなった。

「まあ、え、えっと、それは……」

と言いながら采夏は目が泳いだ。冬梅が言うように、頬に熱を感じていたからだ。

そんな采夏を見て、冬梅はようやく采夏から離れた。

「ふふ、皇后様はその中でも一段と可愛らしい。しかしこんなことをしていたら、陛下に怒られてしまいますね」

「揶揄《からか》うのはおやめください……」

どこか恨みがましく言う采夏が、冬梅にはまた一層可愛らしく感じた。

「ということで、男装はこのままお許しいただければと思います。何せ、この格好が一番、女性の可愛らしい表情を見るのに適しておりますので」

冬梅の言葉に、采夏は微《かす》かに目を見開いたが、すぐに納得したようで柔らかい笑みを浮かべた。

「冬梅花妃が、そう仰《おっしゃ》るのなら」

くすくすと笑う采夏を温かい目で見ていた冬梅だったが、ふと思い立って椅子から降りた。そして采夏の前で床に膝をつく。

突然のことに采夏は目を丸くした。

「冬梅花妃？　一体……」

「皇后様に一つ申し上げたいことがございます」

自身の左手の拳を右手で包みこみ、そこに額を乗せて臣下の礼をしながら冬梅はそう言った。

「先日の花見会にて、秋麗風妃が最後に点《た》てていたお茶に毒が仕込まれていました。お茶の飛沫《ひまつ》で秋麗風妃のつけていた銀の腕輪が変色していたのです」

「お茶に、毒……」

「状況から考えると、一番に疑うべきは秋麗風妃でしょう」

あまりのことに目を見開き驚く采夏を、冬梅は痛ましげに見つめた。

(皇后様を失うわけにはいかない。この方は青国に必要なお方だ)

采夏を悲しませたくはないが、これは采夏の命にも関わることだ。伝えなくてはいけない。

「毒を盛られたなどと言われ、戸惑うお気持ちは分かります。ですが……」

「いえ、私に毒を盛ったというのは、どうでもいいのです」

と、采夏から思ってもみないことを言われた冬梅は、「え?」と言って言葉を無くした。

「私に毒を盛ったということよりも! お茶に毒を入れるという恐ろしく非道な行いをする者がいたということが、信じられません! だ、だって、お茶ですよ? お茶に毒を入れるなんて!! そんなことをしたら、もうそのお茶が飲めなくなるではありませんか! 歴史上毒殺を企てる者は数多くいたかもしれませんが、わざわざお茶に毒を盛るなんて、そんな極悪非道な所業を致した者がおりましたか!?」

「うーん、歴史的な観点で見ればお茶に毒を盛るのは、そこそこにあったのでは……」

しかも毎日のようにお茶を毒見もなしに飲む采夏を毒殺するなら、だいたいの者がお茶に毒を入れるという思考になるのではなかろうか。

「信じられない！　お茶に毒を入れるなんて！　お茶に！」

妙なところで憤慨する采夏に、「そ、そうですね……」と答えつつ冬梅は少々腰が引けた。

全く予想だにしない反応だった。

自身に毒が盛られたことよりも、お茶に毒を入れられたということにここまで憤慨する人を目の当たりにするのは、冬梅も初めてである。

「どうしてそんな悲しいことを行える者がいるのでしょう……」

この世の悪の全てに憤怒《ふんぬ》するかの如《ごと》くだった采夏が、今度はこの世の全ての不幸を嘆くように項垂《うなだ》れたのを見て、冬梅はハッと我に返る。

（いや、皇后様の勢いにのまれている場合ではない。今後はきちんと毒見をさせるように申し上げないと……。少なくとも、毒を入れた犯人が明らかになるまでは）

固い決意で、冬梅はキッと嘆く采夏を見た。

「皇后様、僭越《せんえつ》ながら申し上げます。何者かが皇后様のお命を狙っている今、無防備に毒見もなくお茶を飲むのは危険です。どうか、しばらくはお茶を控えていただきたい」

冬梅の必死の懇願に、采夏は顔を顰《しか》めた。

「お茶を控える……？」

そう繰り返した采夏の目は据わっていた。声も冷たく恐ろしい響きがあった。

冬梅は思わずごくりと唾を飲み込む。恐ろしい迫力だった。

だが、冬梅としても引けない。采夏は青国にとって、必要な人だと気づいたのだ。そして何より、采夏を失いたくないと思っている自分がいる。

「……では、せめて、毒見役をおつけください」

冬梅の懇願に、采夏はさらに眉間の皺《しわ》を深めた。

「毒見役などをつけたら、淹《い》れたてのお茶が飲めないではありませんか」

「ですが、命に関わるのです！」

「命……？」

采夏は不思議そうにそう言うと、首を傾《かし》げる。

冬梅は何故《なぜ》不思議そうな顔をしているのか分からず、途方に暮れて見つめ返す。

しばらく二人して戸惑いの視線を向け合っていたが、采夏がくっと片側の口角を上げてどこか悪女じみた笑みを浮かべた。

「なるほど、命。冬梅花妃は私の命の心配をしてくれているのですね。ですが、それは不要です」

「ふ、不要？」

「それよりも、お茶に毒を入れるという極悪非道の行いをするものを懲らしめなければなりませんね。そのためにも……私はお茶を飲まねばなりません」

そう言って笑う采夏の迫力に、冬梅はもう何も言えなくなってしまった。それほどの圧があった。

そして冬梅は、可愛らしいだけだと思っていた采夏が、それだけではない存在なのだと、改めて思い知ったのだった。

※

采夏の宮、雅陵殿《がりょうでん》の露台にて、采夏は内庭の紫陽花《あじさい》を眺めていた。

隣には、黒瑛。手元には微かな竹香を感じさせる、陽羨茶。

夜の月明かりで、宵闇の中に咲き誇る紫陽花がぼんやりと見える。花見会では、まだ蕾《つぼみ》が多かった紫陽花も、盛りを迎えていた。

今日はひさしぶりに黒瑛が采夏のところに来ていた。

黒瑛に他の妃《きさき》と過ごすように言ってから、いまだに気まずい気持ちは続いている。今だって、お茶をまだ三煎しか飲めていない。本来ならその三倍は飲んでいるというのに。

黒瑛からは時折何かもの言いたげな視線を感じるが話しかけてはこない。采夏も、何を言えば良いのか分からなくて、先ほどからずっと二人の間に会話はなかった。

以前は会話などなくても、二人一緒にお茶を飲んでいたら何も気にならなかった。その無言の時間さえ、心地よかった。だが今は妙に居《い》た堪《たま》れない。

（そうと感じるのは、私だけかもしれないけれど……）

ふうと小さく息を吐き出し、采夏は気持ちを切り替えた。

今まで通りでいられないことについて、感傷に耽《ふけ》ってばかりいるわけにはいかない。

皇后として黒瑛に奏上したいことが、今日はあった。采夏として黒瑛と話したいことは見つからないのに、皇后としてならあるということが、少し悲しくはあったが。

「あの、陛下、実は安吉村の件で、お話ししたいことがあるのです」

采夏がそう切り出すと、ゆっくりと陽羨茶を飲んでいた黒瑛が顔を向けた。

「安吉村……東州の水害の件か。……すまないな、あまり状況は芳しくはない」

「はい、存じてます。以前陛下は、安吉村の復興が進まないのは、かの村に労力を割いても見返りが少ないからだと仰せでしたね。予算を割けないと。かの村に特産品があったり、商業の要所であったりするならば商人の力も借りて早急に復興が進むとも」

「ああ、確かに言った」

采夏の言葉に、黒瑛は暗い顔で頷《うなず》く。

黒瑛にとっても、東州の安吉村のことは気がかりなのだろう。

水害に見舞われて、故郷を失った村人達を都においてはいるが、彼らは元の村に帰りたいとずっと訴えていると采夏は聞いている。

だが、今の国の情勢や財政状況に鑑みて、救いたいもの全てを救うのは難しい。

采夏はきゅっと気持ちを引き締めてから口を開いた。

「僭越ながら私からの提案なのですが、今、安吉村に特産品がないというのでしたら、これから作れば良いのではないかと思うのです」

「これから？」

「はい。かの地をお茶の一大産地にするのはいかがかと」

そう説明していくうちに、采夏の心はまだ見ぬ茶畑に夢中になった。

東州の安吉村に足を運んだことはないが、冬梅の話を聞く限りは茶木の栽培に適している大地だ。

かの地を広大な茶畑にできたら……。想像するだけで胸が高鳴った。

「お茶の……？」

「ええ、冬梅花妃からも伺ったのですが、かの地の周辺は竹林に囲まれているそうです。竹林に囲まれた茶畑というのは珍しくありません。今飲んでいる陽羨茶もその一つ」

「陽羨茶……ああ、あの時の茶か」

黒瑛はわずかに懐かしそうに微笑《ほほえ》んだ。

陽羨茶は、秦漱石の打倒を目指す黒瑛が陸翔《りくしょう》の助力を得ることに苦戦していた際に、采夏が淹れたお茶だ。後味に微かに竹の香りがする爽やかなお茶。

「竹林が育つ環境というのは、茶木も育ちやすい環境であることが多いのです。それに地図を見ましても、良い気候に恵まれているのは明らか。かの地でお茶を作ればとても良質なものが育ちます」

「なるほど……これから安吉村周辺で茶畑を作るとなれば、商人達も動くかもしれないということか」

「はい……！　お茶はこれからも一層必要になって参ります。茶畑として発展するとわかれば、陸翔様も説得できますでしょうし、様々なところから協力を得られるでしょう」

「ふむ、悪くないな……。ちょうど、茶の生産にもっと力を入れるべきという話もあり、いくつか茶畑とする地域の候補が挙がっていたのだ。すでに野生の茶木が生えているところに限定していたが……安吉村周辺には野生の茶木はあるのか？」

「それは、残念ながら、冬梅花妃のお話では、野生の茶木は群生していないようです。ですが、周辺の環境や気候を鑑みるに、見つかっていないだけで、あってもおかしくありません。それになかったとしても、良いお茶が育つ環境であると断言できます」

いつの間にか采夏の握っていた拳に力が入る。

語れば語るほどに、東州に広がる茶畑に想《おも》いを馳《は》せて胸が高鳴る。

そんな楽しそうな采夏を見て、ふ、と黒瑛は表情を和らげた。

「采夏がそう言うのなら、そうなのだろうな。よし、植樹や挿し木をして育ってくれる環境であるならば問題ないだろう。まずは陸翔にかけあってみる」

「陛下、ありがとうございます！」

「いや、礼を言うのはこちらの方だ。王都に置いている安吉村の者達の待遇はあまり良くない。不満が溢《あふ》れて暴徒と化す前に対応しなくてはな。……それより」

黒瑛はそう言って、スッと采夏の頰に触れる。

そしてまじまじと采夏を見つめると、眉根を寄せた。

「……冬梅妃から聞いたぞ」

黒瑛がそう口にした。途端に、まだ見ぬ東州の広大な茶畑に思いを馳せて夢中になっていた采夏の気持ちが沈んでいく。

具体的な話はなかったが、采夏のもとに久しぶりに黒瑛が来てくれた理由を察した。

花見会でお茶に毒が盛られたことを冬梅から聞いたのだろう。冬梅は何度もお茶を控えるか、毒見役をつけるように言っているのに聞く耳を持たないどころか、逆にお茶を飲み続けると主張したことも聞いているのかもしれない。

心配してくれる黒瑛の優しさは嬉《うれ》しいが、黒瑛がその話を知っているということは……。

(冬梅妃が陛下に呼ばれて二人でいた時に、話したのかしら)

つまり二人で会っていたということ。

そう思うと、何とも言えない感情がふと頭をもたげる。

皇帝である黒瑛には、決して抱いてはいけない醜い独占欲。

黒瑛への気持ちと、お茶への愛は、少し似ている。だが、同じではない。

国中のお茶を独占したいと思う時もあるが、お茶を独り占めすることなどできるわけないと分かっているし、それにたくさんの人にお茶のおいしさを知ってもらい、みんなで愛《め》でたいという気持ちが勝る。

だが、黒瑛は違う。独占したい。彼の優しさも、笑みも、熱も、全て自分だけのものにしたい。もちろん皇帝である黒瑛を独占できるものではないのだと、頭では分かっている。

だが、お茶のように、ならばみんなで楽しもうという気持ちにはなれそうにないのだ。

采夏は、黒瑛からそっと視線を外した。この気持ちはどうにか押し殺さなくてはいけない。采夏は、皇后なのだから。

「采夏のことは信用している。茶に関する嗅覚についてもな。だが、だからと言って心配しない訳じゃない」

どうやら、犯人がまたお茶に毒を入れた際に捕らえようとしている采夏の思惑に気づいているらしい。

采夏は、お茶に異物が入っていれば、何であろうと分かる。

故に、采夏のお茶に毒を入れての毒殺は不可能。黒瑛もそのことを分かってはいるが、それでも心配なのだと言っている。

黒瑛の切なげな声に胸がきゅっとくるしくなった。心配してくれるのは素直に嬉しい。たとえその優しさが采夏にだけに向けられるものではなくとも。

采夏は複雑な気持ちをどうにか抑え込んで口をひらいた。

「しかし、お茶に毒を入れるという極悪非道な行いを犯すものを早急に捕まえるためには、私が今まで通りお茶を飲む必要があります」

「だからってわざわざ、自らを囮《おとり》にするようなこと……」

「いいえ。私を狙っているということは、私に何か思うことがあるからこそ。皇后として至らないところがあるのです」

「采夏は、皇后として良くやってくれている。それは誰もが認めるところだ」

「ですが……私の不徳のせいで、善良な人にお茶に毒を入れるという悪行に手を染めさせてしまったのですよ」

黒瑛にそう語るうちに、お茶に毒を入れるという悪鬼の所業に手を染めたものへの怒りとも悲しみともつかない感情が再燃してきた。

思わず拳に力が入って口を開く。

「そうです！　お茶に毒を入れるなんて、毒を入れたものもきっと身を裂くような気持ちだったことでしょう！　なにせ、毒を入れたらそのお茶はもう飲めないものになってしまうのですから！」

さっきまで黒瑛を思って少し切ない気持ちだったはずなのだが、お茶に毒を入れたという悪行を前にして何とも気持ちが抑えられなくなってきた。

くってかかるような采夏の勢いに呑《の》まれかけていた黒瑛は何とか口を開く。

「いや、采夏、落ち着け。あと、肝心なのはお茶に毒を入れたことじゃなくて、皇后に毒を盛ったということが問題なんだ。そこは分かれ、な？」

「ああ、どんな思いでお茶に毒を入れたのでしょうか！　お茶に毒を入れるだなんて悪鬼に魂を売るようなマネをしたその理由が、私にあるのだと思うと居た堪れません！」

「あー、わかったわかった。分かったから落ち着け」

黒瑛から疲れた声が聞こえてきたような気がしたが、采夏の熱は止まらない。なにせ相手はお茶に毒を……！

気持ちの収まらない采夏が再度口を開こうとした時に、塞がれた。黒瑛の唇で。

「……！？……！？！？」

言葉にならない声が漏れる。

采夏が突然のことに目を丸くさせていると、やっと黒瑛が唇を離した。

「良かった。落ち着いたな」

何処《どこ》か満足げに黒瑛はそう口にするが、采夏は全然落ち着いてなどいなかった。むしろ先ほどお茶に毒を入れた悪行について熱く語っていたときよりも混乱している。

（陛下は本当に突然！　こういうことをなさるから……！）

戸惑う采夏を揶揄《からか》うように黒瑛がにっと笑う。

「別に俺は、どうしても止めたい訳じゃない。というか、止められるとは思ってない。だけど、心配なんだ。そこは分かってくれ」

「陛下……」

「……それに、あまり自分を責めるな。皇后とか皇帝なんてものは恨まれるのが仕事みたいなところもある」

「ですが……」

「皇后でいることは、負担か？」

黒瑛の問いかけにハッと采夏は目を見開く。

何か言いたげな黒瑛の顔。

何と答えれば良いのだろう。負担だとそう口にしたら、どうなってしまうのだろうか。

何とも言い難《にく》く、采夏は思わず瞳を逸《そ》らした。

すると采夏の頰に触れられた黒瑛の温《ぬく》もりが離れた。

温もりが離れたことを寂しく感じた采夏が顔を上げて黒瑛を目で追うと、彼は露台からひょいと飛び降りて庭に出ていた。

採夏が驚きで目を丸くする中、黒瑛は近くの紫陽花《あじさい》に手を掛ける。手を掛けたのは、赤紫の紫陽花。周りのほとんどが青白い紫陽花だったため、その赤紫の紫陽花は良く目立って美しかった。

黒瑛はその赤紫の紫陽花を指で摘んで引き抜くと、再び露台に上がって采夏の元にやってくる。

「へ、陛下……？」

黒瑛はそれをそっと采夏の髪に飾った。

「……どうしても辛《つら》い時は言ってくれ」

黒瑛はそう言って、端整な顔に笑みを浮かべると顔を寄せた。

采夏の額と黒瑛の額がこつんとぶつかる。

至近距離で二人はしばし見つめ合う中、采夏はふと思う。思ってしまう。

他の妃《きさき》にも、同じように優しく接しているのだろうか。先ほどの口付けも、黒瑛にとってはなんでもないものなのではないだろうか。

「陛下……私以外の妃には紫陽花を贈らないでいてくれますか？」

ふと気づけば、采夏はそう声に出していた。言ってから遅れて気づいた采夏はすっと血の気が引く思いがした。

こんな、嫉妬深いことを言うつもりはなかった。

「ああ、もちろん。采夏がそう望むなら」

しかし戸惑ったのは采夏だけで、黒瑛は何でもないことのようにそう答えてくれた。

そのことが嬉しくて、一瞬だけ、黒瑛が優しくするのは自分にだけのような気さえした。

でもそれは一瞬だけ。

黒瑛は一人の女性にだけ気持ちを傾けるわけにはいかないのだ。そしてもしそんなことをすれば窘《たしな》めなくてはいけない立場なのが、采夏なのである。

そのことが、とても悲しかった。

# 第四章　茶道楽はお茶のついでに全てを救う

後宮で妃達の茶会が開かれた。

今回は後宮内にある池に舟を浮かべ、その舟の上での優雅な茶会だ。

空が青く晴れ渡った陽気な天気だった。池に浮かぶ立派な蓮《はす》の葉に載った水滴がきらきらと光っていて美しい。

「もう少ししたら蓮が桃色の花を咲かせて、また違う美しい光景が広がるのでしょうね」

舟の上から池を眺めていた燕春《えんしゅん》はそう言ってうっとりとため息をこぼした。

本日の茶会の目的は、皇后が妃達のためにそれぞれ用意した蓋碗《がいわん》のお披露目。先日、妃達の要望を聞いた上で絵付けを施した蓋碗が焼き上がったのだ。

「本当は、いつものように私が湯を沸かすところからお茶を淹《い》れたかったのですけれど、舟の上だからと陛下に止められまして」

と少し残念そうに采夏《さいか》が言った。

今日は、それぞれの侍女達が池の外に簡易的に作った料理場でお茶を淹れてから、こちらの舟に運ぶという段取りになっていた。

妃達が乗っている舟は四人で囲える円卓を載せられるぐらいには広いが、本物の船と比べると小ぶりだ。

なにせ、後宮内の池に浮かべられる程度の大きさなのだ。

多少飾り付けをしてはいるが、木製の簡易的なものなので走行にも適していない。そのため流石《さすが》にこの舟の上でお湯を沸かすのはやめてくれと黒瑛《こくえい》に止められたのである。

「陛下、よくぞ止めてくださいました……」

と冬梅《とうばい》が気苦労察しますという感じで呟《つぶや》き、燕春が不思議そうに首を傾《かし》げた。

「でしたら、いつものように皇后様の宮にてお茶会を開いてもよろしかったのではないでしょうか？」

「まだ花咲き誇る前の蓮の葉を眺めながら皆様とお茶を飲みたかったのです。それに私は自分でお茶を淹れるのも好きですが、他の方が淹れてくださるお茶を飲むのも大好きですよ」

と采夏は、蓮の葉を眺めながら答える。

「確かに、蓮の葉が点々と浮かぶだけというのも、悪くありませんわね」

采夏の答えに、秋麗《しゅうれい》も一緒になって景色を眺めながら頷《うなず》く。

「もちろん、花が咲いたら咲いたでまたお茶を飲みますけど」

「それって、ただ皇后様がお茶会を開く口実が欲しいだけなのではなくて？」

秋麗が呆《あき》れてそう言うと、采夏は照れたように笑った。

「ふふ、そうかもしれません。だって、こんなにたくさんの茶飲み友達ができたのは実は初めてなもので」

そう言って采夏はへへへ、とにやけて笑う。

「と、友達？　な、何を言っておられるのかしら。私達はただ陛下の妃、でしてよ!?　まったくそれなのに、と、友達だなんて……もう本当に、皇后様には！　あ、呆れてしまいますわ！」

と秋麗は否定しつつもどこか嬉《うれ》しそうである。

燕春に至っては、恍惚《こうこつ》の表情を浮かべて「尊い……」と言って天に感謝の祈りを捧《ささ》げ始めていた。

それらを眺めていた冬梅は、「私はとんでもない方を皇后と崇《あが》めているのかもしれない」と遠い目をして小さく呟く。

「ところで、冬梅花妃《かひ》、少しお話が……」

遠い目をしていた冬梅の耳に、申し訳なさそうな采夏の声が届いた。

「どうかなさいましたか？」

「先日のお話……安吉村《あんきつむら》の周辺を茶畑にするという件なのですが」

と語りかける声に力はなく、冬梅は眉根を寄せた。

「陛下は、その提案をのんでくださらなかったのでしょうか」

「いいえ、陛下は良い案だと言ってくださったのですが、他の大臣方の感触がよくないようなのです。安吉村周辺は、野生の茶木が群生しているという報告がないため、かの地に植樹して茶木が育つかどうか不安があるとのことで……。私の見立てでは、かの地は立派な茶畑になれる地なのですが」

「そうでしたか。野生の茶木……。安吉村周辺は竹林に覆われて、ほとんど未開拓の地です。もしかしたら、奥までいって探せば野生の茶木も見つかるかもしれませんが、今はそこまで行く道中も土砂で潰れているので調査をするのも難しいでしょうね……」

そう言って顎に手を置き悩む冬梅を見て、采夏は瞳を伏せた。

「力になれず、申し訳ありません。でも、諦めたわけではありません。私も直接大臣達を説得してみせます。かの地は間違いなく茶畑に適していますから！　ただ、少し時間がかかるかもしれませんので、冬梅花妃にお伝えしておこうと」

必死になってくれる皇后の姿を見て、先ほどまで沈んだ顔をしていた冬梅だったが、笑顔が溢《あふ》れた。

「東州《とうしゅう》のことでここまで心を砕いてくださったこと、東州の民を代表して感謝いたします。私も微力ながらお手伝いいたしますので、入用の際はなんなりと申し付けください」

そう言って、冬梅は深く頭を下げる。

そのやりとりを黙って見ていた秋麗がふーんと声を上げた。

「冬梅花妃、なんだかあなた、皇后様に対する態度が変わったのではなくて？」

秋麗の指摘に、冬梅はきょとんと目を丸くした。

「……態度の変わった度合いで言えば、どちらかというと、秋麗風妃の方が変わったように思うが」

「お二人とも変わられましたよ」

と燕春がクスクス笑って言うので、冬梅と秋麗はなんとなくばつが悪そうに顔を逸らした。

采夏も彼女達のやりとりを温かい気持ちで眺めていた。

（本当に私は、良い茶飲み友達に恵まれました）

改めて人に恵まれたことに感謝を捧げた。

皇后としての立場、黒瑛との関係。思うことはあるが、だからといって彼女達他の妃を恨んでいる訳ではない。彼女達は、大切な茶飲み友達で同志なのだから。

采夏は、そう思うことができることに安堵《あんど》した。

黒瑛との関係に、自分自身が思っているよりも思い悩んでいることに最近気づいた。よくよく思い返せば、深く考えないようにと、意図的に別のことに気を逸らしてきた気がする。

最初は、西方の大使が求めるお茶について。黒瑛とのことに向き合いたくなくて、大使が探しているお茶についてばかり考えるようにしていた。

そしてその問題が解決すると、今度は妃達へ贈る蓋碗選び、安吉村のこと……。

でもそろそろ改めて自分の気持ちと向き合う必要がある。

『皇后でいることは、負担か？』

黒瑛の言葉が脳裏をよぎる。あの時は答えられなかった。

皇后という立場は、後宮での生活は、采夏にとって負担なのだろうか。

正直、今の後宮は茶道楽の采夏にとって最高の環境だ。

好きなお茶を好きな人達と飲める。しかも、後宮内には茶畑もあって、茶木と触れ合うこともできるのだ。

茶道楽として最高の環境だとは思うのに、時折どうしようもない焦燥感に駆られる。

「あら、お茶が届いたようですわね」

と、物思いに耽《ふけ》る采夏の耳に秋麗の声が聞こえて、視線を舟の外へ移した。

舟は池に浮かんでいるが、舟と岸の間に階段形をした梯子《はしご》がかけられており、そこから歩いて渡れる。侍女達が茶器を盆に載せて、その梯子を渡ってきていた。

盆の上の茶器は様々で、豆彩《とうさい》技法で描かれた蓋碗、黒釉《こくゆう》の蓋碗、白磁の器に桃色の牡丹《ぼたん》が描かれた可愛《かわい》らしい蓋碗、そして男女の絵が青で描かれた染付の蓋碗が並んでいた。

侍女達は、梯子を下りて自らが仕える主人の前まで行くと、茶器を卓においた。

「ありがとう、玉芳《ぎょくほう》」

以前から愛用している豆彩の蓋碗を持ってきてくれた玉芳に、采夏は礼を述べる。

色々と悩ましいことはあるが、今は目の前のお茶に集中したい。

ふと顔をあげると、冬梅の前には黒釉の蓋碗が置かれ、白磁に牡丹が描かれた蓋碗が秋麗の前に置かれていた。

二人とも戸惑うような表情を見せている。采夏は慌てて口を開いた。

「あ、お二人の蓋碗、逆ですね。黒釉の蓋碗は秋麗風妃に、牡丹柄の蓋碗は冬梅花妃のために用意したものです」

采夏がそう言うと、二人はほっとしたような顔をした。

どうやら手違いがあったらしい。

「ああ、やはりそうですのね。以前お話ししたものと全く違ったので、皇后様ったらお疲れなのかしらって心配してしまいましたわ」

秋麗はいつもの少々毒のある言い方でそう言いながら、自身の侍女に卓に置かれた蓋碗を交換させた。

侍女は申し訳なさそうに頭を下げる。

「申し訳ありません。黒釉の蓋碗が秋麗様のものであると指示を受けてはいたのですが、てっきり何かの間違いかと思って、冬梅花妃様の侍女と相談して交換してしまったのです」

おずおずと申し出た秋麗の侍女に、冬梅は爽やかな笑みを送った。

「気にしないでくれ。君が勘違いしてしまう気持ちは分かる。あの派手好きな秋麗風妃が黒釉の蓋碗を選ぶとはなかなか思えないからね」

冬梅の優しい言葉に、侍女は顔を赤らめて下を向く。その様を眺めていた秋麗は嫌そうに目をすがめた。

「ちょっと、私の侍女を口説かないでくれます？　本当に節操がない。だいたい勘違いする気持ちが分かる、ですって？　それは、こちらの科白《せりふ》よ。あなたがこんな可愛らしい蓋碗を選ぶなんて……」

と言いながら、それぞれの蓋碗をまじまじと見つめる。

「ふん、でもやはり私が選んだ黒釉の蓋碗の高級感が一番だわ。泡も映えますし」

泡映えで決めた自分の選択に間違いはないとばかりに秋麗が頷く。

「いやいや、私の選んだ白磁の可憐《かれん》で可愛らしいこと。この愛らしい白肌に口づけするのが今から楽しみだ」

などと言って冬梅も悦に入った。

「あの、見てください！　私の青の染付の蓋碗を！　こちらの男女の影は、実は皇后様と皇帝陛下を模していまして……！」

負けじと燕春も推しへの愛を込めた蓋碗《がいわん》について語り始める。

妃《きさき》三人が茶器についての愛を語っているのを見守っていた采夏は、ほっと胸を撫《な》でおろした。

妃への蓋碗選び自体が、采夏の現実逃避だったのだとしても、喜んでくれたのなら嬉しい。

皇后でいること、黒瑛への想《おも》い。歯痒《はがゆ》いこともあるけれど、この生活を大切に思っている自分もいる。

(今はまだ陛下のことを、お茶のように皆と分かち合うような愛しかたはできなくとも……私は、陛下と一緒にお茶を飲めるならば、それでいい)

そう思って采夏は皇后になったのだ。黒瑛に、茶畑を贈られた時の気持ちが蘇《よみがえ》る。あの頃と比べると、黒瑛への気持ちがずっと大きくなったように感じる。

だが、変わらない気持ちもある。

(陛下と一緒にお茶を飲めるのなら、それで、いい……)

言い聞かせるように、采夏はもう一度心の中でつぶやくのだった。

※

冬梅は贈られた可愛らしい蓋碗を見て、思わず頰が緩んだ。

（そうだった。私はこういうのが欲しかったのだ）

しみじみとそう思う。だが、周りの者の反応が気になった。

周りの期待に応えることに固執しないようにしようと思い始めてはいるが、その癖はなかなか抜けない。

冬梅はなんとなしに、斜め後ろに立っている侍女の小鈴《しょうりん》を見た。

そしてそこで、彼女の異変に気づく。

小鈴の顔色が良くない。思わず冬梅は眉根を寄せた。

「小鈴、どうかしたのか？」

冬梅にそう問われて、怯《おび》えるように小鈴はびくりと肩を震わせた。

そして恐る恐るといった具合に、視線を冬梅に移す。明らかな恐怖の色がその瞳にあった。

「本当にどうしたのだ、小鈴。体調でも悪いのか？」

「い、いえ……その……」

どうにかして絞り出したというような小鈴の声は、震えていた。

そして、視線はしきりに冬梅の目の前にある牡丹柄の白磁の茶器に注がれている。

「ああ、先ほど取り違えたことを気にしているのか？　大丈夫だ。もう気にしなくてよい。中のお茶もみんな皇后様に選んでいただいたものを使っているから、同じものだろう？」

そう言って、冬梅は蓋碗の蓋を取った。中にある茶葉を確認するためだ。

湯気とともに、お茶特有の青々しい爽やかな香りが微《かす》かに漂う。

碗の中にあったのは扁平《へんぺい》な形をした緑色の茶葉、龍井茶《ロンジンチャ》だ。

「ああ、茶葉が沈んでしまっている。少し時間を置きすぎたかもしれない。早速いただきましょう」

冬梅がそう言って、碗を持ち上げようとした時……。

「いけません！　冬梅花妃！」

鬼気迫るような声が響く。冬梅だけでなく、その場にいたもの全員が驚いて肩を揺らした。

声を発したのは、采夏。いつもはどちらかというとのほほんとした顔をしているあの采夏が、親の仇《かたき》でも見るような形相で冬梅のお茶を睨《にら》んでいた。

「ど、どうかされましたか？」

恐る恐るといった具合で冬梅が声をかけると、お茶を睨みつけながら采夏は口を開いた。

「そのお茶には、毒が含まれています」

「ど、毒が……!?」

思わず冬梅は碗から手を離す。

それを見ていた秋麗が、髪に挿していた銀色の簪《かんざし》を一本引き抜いた。

「これを使って。銀でできているわ」

秋麗の意図を理解した冬梅は、簪を受け取って碗に挿した。

そして、お茶に浸した銀の簪は瞬く間に黒ずみ始めた。お茶に毒物が入っている何よりの証拠だった。

「本当に、毒が、何故《なぜ》……」

と呟《つぶや》いた冬梅はすぐにハッと顔を上げて、そして小鈴に視線を移した。

「小鈴、まさか、お前なのか」

信じられない、と目を見開きながら冬梅が言うと、小鈴は「ち、ちがう」と言いながら小さく首を振り一歩後ずさる。

そんな小鈴を逃さないとばかりに秋麗も冷たく睨みつけた。

「それじゃあ、先ほど、器を取り違えたと気づいて顔を青くさせたのは、何故？　私が飲むお茶に毒を入れたつもりが、冬梅花妃に渡ったから焦ったのではないかしら？」

秋麗の鋭い眼差《まなざ》しが、小鈴に注がれる。

「私は、し、知りません……！　そう、そうです！　これは全て皇后様の企《たくら》みなのです！」

「皇后様がやったと言いたいの⁉　そんなことあり得ません！」

先ほどまで怯えていた様子の燕春も憤慨して立ち上がる。

「だ、だって、そもそもおかしいではありませんか！　何故、皇后様は毒が入っていると気づけたのですか⁉」

「そ、それは……！」

小鈴の言葉に、燕春は口籠る。

確かに、まだ誰も口をつけていないお茶の毒の有無が何故分かったのか、分からない。

押し黙る燕春を見て勢いづいた小鈴はさらに口を開いた。

「そうです！　この茶道楽の皇后が、全ての元凶……ひっ」

そう言って采夏を糾弾して睨みあげようとした小鈴だったが、采夏から放たれる怒りの眼差しに思わず悲鳴を上げた。

采夏の形相が、完全に歴戦の強者めいていた。

いつもニコニコほのぼのしている采夏だからこそ、余計に恐ろしく感じる。

他の妃達も固唾をのんだ。

「毒が入っていると気づいた理由？　そんなもの、お茶の香りを嗅ぎさえればすぐに分かるものでしょう？　私がいつも愛飲している龍井茶に混ぜ物をして気づかないとお思いですか」

その声色も冷たく、采夏が心底怒っているのがわかる。

どうやら采夏は、碗の蓋を開けた時に漂った香りから毒の存在に気づいたようだ。

燕春達は正直、『自分達は全く気づかなかったし、香りを嗅いだだけで毒の有無は普通わからないのでは？』と思っていたが、口を挟める雰囲気ではない。

永遠にも思える沈黙が流れるが、その沈黙を破ったのは冬梅だった。

「小鈴、もう観念したらどうだ。以前の花見会の時に、秋麗風妃の闘茶《トウチャ》に毒を入れたのも、お前だったのだな」

そういえば、と冬梅は思い出していた。

秋麗風妃が采夏に闘茶を点《た》てていた時、途中から小鈴に手伝わせた。

その時に、隙をついて毒を盛ったのだろう。何せ、あの時誰もが秋麗がお茶を点てる仕草に注目していた。毒を入れる隙はいくらでもあっただろう。

（なんてことだ……）

冬梅は小鈴に手伝わせた自分の迂闊《うかつ》さに自分自身を殴りたくなった。

冬梅に責められると、小鈴はきゅっと唇を噛《か》んで泣きそうな顔で下を向く。

そのやりとりを見ていた燕春も口を開いた。

「もしかして……以前の東州の被災民の炊き出しで、突沸が起こりやすいように根回しをしたのも、お前ですか？」

燕春の口調は、厳しいものだった。しかし、小鈴は何も答えない。

冬梅は堪《たま》らず小鈴の肩を摑《つか》んだ。

「何か言え、小鈴！　お前がやったのか⁉」

冬梅に責められて、とうとう小鈴は目にためた涙を流して、頷《うなず》いた。

半ばそうかもしれないとは思っていたが、自分が可愛《かわい》がっていた侍女が恐ろしいことに手を染めていたのだと突きつけられて、冬梅は眩暈《めまい》がした。

「何故だ……何故、こんなことをしたんだ！」

冬梅の叫びは悲鳴に近かった。

小鈴は顔をあげると、冬梅ではなく、その奥にいる皇后、采夏を睨みすえた。

「お前が悪いんだ！　お茶にうつつを抜かす皇后だから！　だから天に見放されて、東州に災いをもたらしたんだ！　この女が皇后である限り、安吉村に安らぎは訪れない！」

仄暗《ほのぐら》い眼《め》で小鈴は吐き捨てるようにそう言った。

「何を馬鹿なことを！　そんなことあるわけがないだろう⁉」

「でも！　冬梅様だって、あの時、はっきりとは否定しなかったではないですか！」

「それは……」

冬梅は思わず言葉に詰まった。

あの時。おそらく小鈴が東州の水害が皇后の不徳のせいだという話をした時のことだろう。

あの時の冬梅は、采夏のことを認めておらず、小鈴の話をはっきりとは否定せず、曖昧に返した。

（あの時にちゃんと小鈴と話し合えていたなら……）

冬梅は思わず悔しさで唇を噛んだ。

「それに、冬梅様もその時おっしゃっていました。証拠もないのに疑うのは良くないと。でも私は、あの水害が皇后の不徳のせいであるという証拠をもっているのです！」

「証拠？」

小鈴の言葉に、冬梅は目を見開いた。

「そうです、あの災害が茶道楽の皇后の不徳のせいだという証拠を！」

そう言って小鈴は懐から白い棒のようなものを取り出した。

「そ、それは……？」

采夏が掠《かす》れた声でそう問う。

「そう！　これこそが、皇后の不徳の証拠！　茶道楽のお前なら、これが何であるかわかるだろう！　皇后の不徳のために、呪われて色を失ったのだ……お茶に傾倒する皇后に天がお怒りになられた証《あかし》！　私が安吉村の近くでこれを見つけた時、すぐに分かった。不徳な皇后が天の怒りを買って、災いをもたらしたんだって！　これほどまでに天の怒りを買ったお前が皇后でいる限り、災いはずっと続くんだ！」

「小鈴、何を言っているのだ！」

小鈴の言い分は、破茶滅茶だった。冬梅は咎《とが》めたが、そうと思い込んでいる小鈴には届かない。

「悔しい……。国に災いをもたらす皇后を止めたかった。でも、もうここまで……。冬梅様、よくしていただいたのに、何もご恩を返せず、このような形でご迷惑をおかけして本当に、申し訳ありませんでした」

苦し気な顔で小鈴はそう言うと、卓に置かれた毒入りの茶碗《ちゃわん》を摑んだ。そしてそのまま口付ける。

「いけない！　彼女を止めて！」

采夏の悲鳴に近い静止の声が響くも、小鈴の行動は止められなかった。

小鈴は毒茶をあおり、そして……崩れるようにして倒れた。

「小鈴!!」

冬梅が名を呼ぶ。だが、返事はない。

顔色を悪くさせて短い呼吸を繰り返すのみ。

采夏は慌てた様子で小鈴に駆け寄って、その青白い顔をみて自身の顔を蒼白《そうはく》とさせた。

「誰か！　医官を呼んで!!」

采夏は池の外に待機していた宦官《かんがん》達に命じると、小鈴の口に指を突っ込んだ。

「吐いて！　毒を吐くのです！」

采夏はそう言うも、小鈴はうまく吐けずにぐったりとしている。

眉根を寄せる采夏の手を、冬梅が摑んだ。

「……皇后様、もう良《い》いのです。これは全て彼女の自業自得です。そこまでして助ける価値はありません」

憐憫《れんびん》と軽蔑、そして後悔を滲《にじ》ませた瞳で小鈴を見ながら、冬梅が言葉を落とす。

采夏は顔を上げた。

「いいえ！　このまま死なせるわけにはいきません！」

「皇后様、どうして、そこまで……」

戸惑いながら冬梅が呟く。

くだらない妄想で自分の命を狙ってきた相手だというのに、それでも慈悲の手を差し伸べるというのか。

「生きて……お願い。死んではダメよ」

と懇願するようにして小鈴の手を握る采夏から、冬梅は目が離せなかった。

（この人には、敵《かな》わない……）

何故そこまで、寛大でいられるのか。冬梅は改めて、采夏の懐の深さを思い知るのだった。

※

「小鈴は助からないというのですか⁉」

采夏の切羽詰まったような声が後宮内にある療養所に響いた。

皇后である采夏の声を聞き、医官が額に汗を浮かべて申し訳なさそうに俯《うつむ》く。

「毒はできる限り吐かせましたが、一向に目が覚める気配はありません。……手遅れだったのです」

所在なげに両手を組んでお腹《なか》のあたりに置きながら、医官は答える。

もう手遅れ。その言葉にカッとした。

采夏は思うままに詰《なじ》りたい気分になったが、それをどうにか唇を噛んで止める。

采夏だって、本当は分かっている。医官とて、手抜きをしているわけではない。やれることはやったのだ。

だが……。

「小鈴……」

寝台で死んだように横たわる小鈴の手を采夏は強く握った。

小鈴が自ら毒をあおったのはつい昨日のこと。医官を呼んで処置をさせたが、一向に目を覚まさない。

目が覚めないばかりか、顔色はどんどん悪く、呼吸も弱くなってきている。

このままでは衰弱して死んでいくだろうことは見て明らかだった。

絶望に打ちひしがれる采夏の肩に温かいものが触れた。

采夏が横を向くと、心配そうにこちらを見る黒瑛の姿があった。

「陛下……」

涙で濡《ぬ》れた顔で黒瑛を見上げると、黒瑛は痛ましそうに采夏の顔に張り付いた髪を払った。

「あまり無理をするな。采夏まで倒れてしまいそうだ」

「けれど、小鈴が……」

縋《すが》るように黒瑛の胸に寄りかかると、黒瑛は采夏をそのまま抱きしめた。

「分かっている……」

黒瑛は慰めるようにそう声をかけると、顔を上げて医官を見た。

「俺は医学に詳しくはないが、薬はないものなのか？　解毒薬のようなものは」

「恐れながら陛下、解毒薬を用意するには何の毒を飲んだのかが分からねばならないのです。もし、間違った薬を飲ませれば、最悪、死を早めることになってしまいます」

「なんの毒を、か……」

医官の言葉に黒瑛が苦々しく答える。

采夏は顔を上げた。

「確か、陛下は小鈴が隠し持っていた毒がどこからきたものかお調べくださっていましたよね？　分かったのでしょうか？」

「それが、未《ま》だ分かっていない。小鈴の持ち物や、主人である冬梅花妃の宮を探させてはいるのだが、毒そのものが出てきていないのだ。すでに使い切ったのか、それとも、もっと別の場所に隠しているのか……」

黒瑛が苦々しい顔でそう答えるのを聞いて、采夏も眉根を寄せた。

（なんの毒を飲んだのか、それさえ分かれば……）

采夏は、あの茶席の場で毒があると嗅ぎ分けた時のことを思い出していた。

いつも飲んでいる龍井茶とは微《かす》かに違う香りがして、気づくことができた。

だが、だからといって、なんの毒なのかは分からない。采夏の鼻はいいが、詳しいのはお茶のことだけ。臭いだけで、毒の種類を嗅ぎ分けることはできない。

「ただ妙なのは、どうして小鈴は采夏にではなく、秋麗風妃の器に毒を盛ろうとしたのだろうか」

黒瑛がぽつりとそう呟《つぶや》いた。

そのことについては采夏も不思議に思っていた。

被災民への炊き出し、闘茶の際の毒、これらは全て采夏を狙って行われたもの。

しかし、あの茶会の席で狙われたのは秋麗だ。

結果的に毒が含まれたお茶は冬梅の手に渡ってしまったが、小鈴自身は、冬梅に毒を盛るつもりはなかった。白磁の牡丹《ぼたん》柄の茶器を秋麗のものだと思い込んで、毒を入れたにすぎない。

(でも、待って……。どうして、牡丹柄の茶器を秋麗風妃のものだと思ったのかしら。燕春月妃《げっぴ》の青の染付の茶器も美しいものだった。どれが秋麗風妃の器かなんてわからないのでは……)

采夏はそこまで考えてハッとした。

(そうか、そうだわ。小鈴は、秋麗風妃でも、燕春月妃でもどちらでも良かったのだわ。冬梅花妃と私以外の妃《きさき》なら、どちらでも！)

采夏が豆彩技法の茶器を持っていることは後宮にいるものなら知っていてもおかしくない。小鈴は、用意された四つの蓋碗《がいわん》を見て豆彩技法の茶器は采夏のものだとすぐに分かったはずだ。

　そして、冬梅が日頃手に取るものをよく知る小鈴は、黒釉《こくゆう》の蓋碗が冬梅のものだと考えた。

　そして残る二つは白磁の牡丹と青の染付の茶器。秋麗か、燕春の茶器。

　小鈴は、どちらでも良かったのだ。

　皇后である采夏が開いた茶会で、妃が死んでくれればそれで良かった。

「陛下……！　毒の隠し場所が分かりました！　私の宮です！　小鈴は私の宮のどこかに毒を隠しています！」

　采夏の言葉に黒瑛が目を見開いた。

「采夏の宮に……？」

「はい、おそらく、妃毒殺の濡れ衣《ぎぬ》を私に着せるためです」

　采夏は確信を込めてそう言った。

　小鈴の目的は、采夏の命というわけではない。

　天の怒りを買った采夏が皇后という座につくことで、災いが起きたのだと思い込んでいる小鈴の目的は、采夏を皇后の座から追い落とすこと。

　采夏が他の妃を殺したという話になれば、皇帝の寵愛《ちょうあい》を失い、皇后の座から落ちると思って仕組んだのだ。

「なるほど……。そういうことか」

采夏の言葉に黒瑛も全てを察して頷《うなず》いた。

そして宦官達に、皇后采夏の宮、雅陵殿《がりょうでん》の捜索を命じたのだった。

「は。雅陵殿の中を隅から隅まで探したのですが、毒物のようなものは今のところ何一つなく……」

「何？　見つからない？」

床に膝をついてそう返答をしたのは、黒瑛の側近の坦《たん》である。

緊急時のため後宮に勤める宦官だけでなく坦達、侍衛にも捜索させていた。

しかし結果は見つからないというものだった。

「そんな……」

寝台に眠る小鈴を見守り看病をしていた采夏は、思わず顔を顰《しか》めて坦と黒瑛がいるほうを振り返る。

毒物を采夏の宮に隠して、その濡れ衣を着せようと企てたわけではないのだろうか。

「参ったわね。こうなったら後宮中を探し回る？　相当時間はかかると思うけど……」

同じ、毒物探しに駆り出された礫《れき》が黒瑛にそう言った。

黒瑛は顔を顰める。

「後宮中を探し回って見つかったとしても、見つけた頃には手遅れだ……」

そう言って黒瑛は重いため息を吐き出した。

采夏は改めて小鈴に視線を向ける。小鈴の体調はどんどん悪くなるばかり。顔色が悪いのはもちろん、すでに呼吸も虫の息だった。

これではおそらくもう一日も持たない。

「お願い、目を覚まして……」

采夏が涙ながらにそう言うも、当の小鈴に反応はない。

「陛下、このような罪深き女、もう良いのでありませんか。聞けば、皇后や他の妃に毒を盛ったのでしょう!?」

坦はそう言って、不満そうに目をすがめた。

「まあ、それもそうなのだが、采夏は、あの宮女が助かることを望んでいる。俺が、それで何もしないわけにはいかない」

悲しむ采夏を労《いたわ》るようにして見ながら黒瑛が答えると、礫がうんうんと頷いた。

「采夏ちゃん、なんて優しいのかしら。自分の命を狙った子にあそこまでできるなんて……」

礫は感動のあまり薄《うっす》らと目に涙が溜《た》まっている。

そんな三人の会話を采夏はどこか遠くに聞いていた。小鈴の冷たい手が少しでも温まるようにしっかりと握る。

このまま小鈴を死なせるわけにはいかない。

彼女に対する怒りは、正直今でもある。お茶に毒を入れるという極悪非道な行いをしたことを許したわけではない。

だが、小鈴を失うわけにはいかない。

「皇后陛下がお呼びと聞いて参りました」

凛《りん》とした声が降ってきて、采夏は顔を上げる。

扉の前に、どこぞの貴公子のような出立《いでた》ちの冬梅がいた。

「冬梅花妃、待っていました！　こちらにきて。お願い、小鈴に声をかけてあげて。あなたの呼び声なら、応えてくれるかもしれない」

采夏が必死に言い募ると、冬梅は頷いて采夏の隣へと並んだ。

そして、ぐったりと横たわる小鈴の姿を痛々しげに眺めた。

何をしても瞬き一つしない小鈴を心配して、采夏は主人である冬梅を呼んだのだ。

小鈴は冬梅を慕っていた。それは、冬梅に毒が渡ってしまった時の反応を見れば明らかだ。

采夏の呼び声には応えないが、冬梅にならば応えてくれるかもしれない。

「小鈴、小鈴……」

冬梅は何度か名を呼んだが、やはり小鈴はピクリともしない。

冬梅は悲しげに首を横に振った。

「……皇后様、もう小鈴は助かりません。あきらめましょう」

その言葉に采夏の目が見開いた。

「あ、あきらめるなんて、できない。できるわけがないわ！」

今にも泣きそうな顔だった。それぐらい小鈴が死ぬということが采夏には恐ろしかった。

そんな采夏を冬梅は優しく抱きしめた。

「小鈴は罪を犯した。皇后様が心を痛める必要などないのです。これは彼女が行ったことに対する当然の罰だ」

「でも、彼女が、水害が起こる前に見たという色の落ちた茶木が……」

「あんなもの、彼女のこじつけだ。水害が皇后様のせいなわけがない」

冬梅はそう言うと、今にも泣き出しそうな采夏の髪に触れる。

「お髪《ぐし》が乱れていますよ。ほら、髪飾りもずれて……あなたが、そんな姿になってまで心配する価値は、小鈴にはありません。この髪飾りは私が付け直しましょう」

冬梅は優しく笑うと、采夏の髪を飾っていた髪飾りをとった。

紫陽花《あじさい》を集めて作った髪飾りだ。ほとんどは青い萼弁《がくべん》の紫陽花を使っていたが、一つだけ少し色褪《いろあ》せた赤紫のものも使われている。この赤紫の紫陽花は、先日黒瑛が采夏の髪に挿してくれたもの。

青い紫陽花の中で少し色褪せながらも鮮やかな色を保つ赤紫の萼弁を見て、采夏はハッとした。

「……毒を隠した場所が、分かりました」

采夏はボソリとそう呟いたのだった。

※

「毒の隠し場所が？」

冬梅は驚いてそう繰り返すと、黒瑛が采夏の近くに歩み寄った。

「毒の隠し場所が分かったというのは、どういうことだ？」

近くにやってきた黒瑛に、采夏は視線を移した。

「どうして、あの時気付かなかったのでしょうか……この赤紫の紫陽花に」

「この紫陽花の色がどうかしたのか？」

「お気づきになりませんか？　この紫陽花の色は赤紫なのです！」

「それは確かにそうだが……それがなんだというのだ？　後宮内の紫陽花は青いものが多いが、赤紫色の紫陽花は特別珍しいものではない」

紫陽花は、青、桃色、紫、赤紫と様々な色を持つ。

後宮に咲く紫陽花は確かに青いものが多いが、外には赤紫の紫陽花も普通に溢《あふ》れかえっている。

「陛下は、良い茶木が育つ環境であるかどうかをどのように判断されますか？」

唐突に、采夏がお茶の話をし始めたので、そばにいた冬梅は思わず目を見開いた。

(何故《なぜ》ここで、お茶の話が……)

戸惑いながらも成り行きを見守っていると、黒瑛が口を開いた。

「それは……うーん、雨の降る量とか？」

冬梅のように最初こそ突然のお茶の話題に驚いているふうだった黒瑛が、何事もなかったかのように采夏の質問に答え始めて、冬梅はさらに目を見開く。

(な、なんで、平然と皇后様の質問に答えることができるんだ？)

冬梅はまだ気持ちが追いつかない。

先ほどまで、小鈴の身を案じて悲嘆に暮れていた采夏はどこに行ったのか。

「さすが陛下。確かに雨量も大事ですね」

「あ！　そうだわ。日当たりも大切なんじゃない？　それと……空気が澄み切っているかどうかとか」

皇帝の側近が、話に交ざってきた。こちらも平然とした態度だったので、冬梅はさらに困惑して眉根を寄せた。

「礫様も流石《さすが》です！　それももちろん大切ですね」

「まったく、一体なんの話をしているのだ！　お茶に適した環境？　そんなもの、先ほどの陛下の回答が全てに決まっている！　何故なら陛下こそがこの世の全てであるからだ！　そして個人的な回答として、私は育てる人の心も関わってくるのではないかと思う！」

別の側近が大きな声でそう言った。

最初は采夏の突然の茶談義に突っ込んだように思えたが、途中からちゃっかり会話に交ざっている。

戸惑っているのは自分だけなのだろうか。冬梅は心配になってきた。

「それも大事ですね。そのどれもが大切です。良いお茶が育つためには様々な条件があるのです。そしてそのうちの一つが、土の質です」

采夏はそう言うと、顔を真剣なものに戻した。

それを見て黒瑛はくすりと笑う。

「それで？　その土の質と毒物の隠し場所がどう関わる？」

冬梅は、黒瑛のその優しい声色から信頼が滲《にじ》み出《で》ているような気がしてはっとした。

黒瑛らが采夏の突然の茶談義に戸惑わなかったのは、采夏を信頼している故なのだと思い知る。

「お茶にとって質の良い土地であるかどうかを測る方法は、いくつかあります。そのうちの一つがその地に根付く植物を見ることです。土の性質によって、育ちやすい草、育ちにくい草があるからです。それに土質によって色を変える植物もあります。その一つが紫陽花です」

そう言って、采夏は冬梅が持っていた紫陽花の髪飾りを手に取った。

「お茶に適した土質で紫陽花を育てた場合、色が青色に染まります。後宮内は、茶木を育てるのには適した土なのです。ですから多くの紫陽花が青色に染まっています」

「土質で……花の色が変わるのか。ということは、この赤紫の紫陽花は……」

「そう、この紫陽花の根本に何かが染み込み、土質が変わってしまった証《あかし》。毒は、雅陵殿の中ではなく、そのすぐ近くの土の中。中庭にある赤紫の紫陽花の下です」

采夏は確信に満ちた顔で力強くそう言ったのだった。

采夏の一言で、赤紫の紫陽花の下が掘り返された。

そしてそこから白い粉の入った革袋が見つかった。その白い粉こそ、冬梅の次女小鈴が飲んだ毒。

革袋の口が少し緩んだ隙間からこぼれた毒素が、土質を変え、紫陽花の色を赤紫にしていた。

そしてこの毒を調べてそれに対応した解毒薬を、小鈴に飲ませたのだった。

まだ意識は戻っていないが、薬が効いたのか、顔色が戻りつつある。

そして采夏は眠る小鈴の手を握り続けていた。寝台に眠る小鈴を心配そうに見守っている。

その横には、そんな采夏を支えるようにして並ぶ皇帝黒瑛がいた。

その様を冬梅はまじまじと見ていた。

小鈴と接した時間が最も長いのは、冬梅だ。だが、小鈴を一番に助けようとしているのは采夏だった。

自身の命を狙ったものを、どうしてそこまでして助けようとするのか。

小鈴は最後、安吉村の水害は皇后の不徳が成したことなのだと意味不明な持論で采夏を責め立てた。そのことを気に病んでいるのだろうか。

(そもそも、これから小鈴はどうなる。目が覚めたとて、あれほどの大罪を犯したのだ。死罪は免れない。一体、皇后様はどうなさるおつもりなのか。お茶に毒を入れたことを知って、あれほどに怒りを露《あら》わにしていたというのに……)

冬梅はお茶に毒を入れたものがいると知った時の皇后の怒りの眼差《まなざ》しを思い出していた。

自分が責められているわけでもないのに、命の危機を感じたほどだ。

そしてその時の記憶故か、冬梅に恐ろしい考えがふと浮かんだ。

(まさか、皇后様が小鈴をあれほどまでに必死になって助けようとしているのは……怒りを晴らす捌《は》け口《ぐち》のためか？）

目覚めた小鈴が、ひどい拷問にかけられている様を想像してしまった。楽に死なせるつもりはないと、小鈴をいたぶる采夏の姿も。

（馬鹿な、あり得ない。皇后様に限って、そのようなこと……）

冬梅はすぐに自分にそう言い聞かせたが、一度浮かんでしまった考えはなかなか消えない。

冬梅は采夏に忠誠を誓った。皇后となるのならばこの方しかいないとすら思っている。だが、采夏の全てを知っているかと言われれば、そうではない。

冬梅にとって、皇后は正直、摑《つか》みどころのない人だった。

皇后に会う前は茶道楽という話が先行して、金遣いの荒い高慢な女性なのかと思っていた。しかし実際会ってみれば、可愛《かわい》らしい方だと思えた。そして接していくうちに可愛いだけではないのだと知る。

あの鼻持ちならない秋麗ですら、本心では采夏のことを敬っているのだと最近わかってきた。

それだけの魅力がある人だ。

だが、垣間《かいま》見《み》えるお茶に対する常軌を逸した執念。

お茶が関わると、采夏は今までと違った一面を見せる。

自身の命が狙われたことよりも、お茶に毒を入れたことに憤怒《ふんぬ》してみせた采夏を思い出した。

あり得ないと否定しても、否定しきれない。

（お茶に毒を入れた小鈴に、死すら生ぬるいと思わせるようなことを行うつもりなのでは……）

冬梅が不安に駆られた時、「あ！」と声が上がった。

采夏の声だ。その目が、小鈴に注がれている。

冬梅も視線を移すと、小鈴がちょうど目を開いたところだった。

「あれ……私……」

目覚めた小鈴は掠《かす》れた声でそう言うと、視線をゆっくりと彷徨《さまよ》わせた。状況が摑めていないのだろう。そしてちょうど采夏を見つけたところで軽く、目を見開く。

采夏が側で涙ながらに見守っていることに戸惑っているのだろう。

「ああ、良かった！　起きたのですね、小鈴！」

感極まった声で采夏がそう言うと、顔を寄せる。

「……本当に良かった。あなたに死なれたらと思うと、私……」

そう言った時の采夏の目は尋常ではなかった。

何か強い欲のようなものを孕《はら》んで、ギラギラと光って見えた。その視線が真《ま》っ直《す》ぐ小鈴に注がれている。

あれはただ単純に小鈴の無事を祈る人間がする目ではない。冬梅はそう思った。

冬梅は先ほどまでの不安が、確信に変わりつつあるのを感じた。

采夏は、ただ、小鈴の身を心配していただけではないのだ。何か目的がある。それは何か。

冬梅の脳裏に、高潔な采夏が罪人をいたぶり楽しむ様が浮かぶ。

小鈴は、死罪となっても仕方ない罪を犯した。

それは分かっている。だが、人をいたぶり楽しむ采夏の姿は見たくない。

「いけません！　皇后陛下！　そのようなことに手を染めては！」

思わず采夏の手を取ってそう言った。突然のことに、采夏の目が丸くなる。

冬梅は自身があまりにも不敬なことをしている自覚はあった。だが止めなくてはならない。采夏には可憐《かれん》で清くあって欲しかった。

決して罪人をいたぶることを楽しむような人ではない。そうであって欲しい。

冬梅の必死の訴えに、一瞬驚いた様子の采夏だったがすーっと目が細くなった。

「ええ、冬梅様のご心配もごもっとも。病み上がりの彼女を心配しているのでしょう？でも、私はもう少しも我慢できそうにないのです」

采夏の迫力に、思わず冬梅の体が震えた。

そしてその怯《ひる》んだ隙をついて、采夏は冬梅に摑まれていた手を振り払った。

「皇后様……」

戸惑う冬梅の目の前で、采夏は懐に手を入れた。

そしてそこから何か棒のようなものを取り出し、振り上げる。

采夏の視線は真っ直ぐ小鈴に向いている。

手に持った棒のようなものを叩《たた》きつけ、早速小鈴を痛めつけようとしているのだ。

そう思った冬梅は、これから起きる惨劇に臆して思わず目を瞑《つぶ》った。

すぐに殴打する音と痛々しい小鈴の悲鳴が聞こえてくる、そう思って。

「小鈴、この白化した茶木が生えていた場所はどこなのですか⁉」

冬梅が予想していたような音はならなかった。その代わりに、采夏の何か焦っているような上擦ったような必死の声が聞こえてくる。

冬梅は恐る恐る目を開けた。

そこには、先ほど懐から出した棒のようなものを、小鈴の目の前に掲げる采夏の姿があった。

よく見ると、采夏が手に持っている棒のようなものは、木の枝だ。真っ白な木の枝。

それは小鈴が毒を飲む前に、『皇后のせいで水害が起こった何よりの証拠！』だと言って突きつけていた枝ではないだろうか。

と突きつけられた枝をまじまじと見てから、小鈴は微《かす》かに笑った。
「それは……」

「愚かなる皇后様。呪われた茶木を焼き払って、ご自身の罪をなかったことにするつもりですか」

そう言って、小鈴は暗く笑う。

采夏を馬鹿にしたような様子に、冬梅は黙ってられなかった。

「愚かなのはお前だ、小鈴！　皇后様が、どれほどお前のことを心配していたことか……！　恥を知れ！　皇后様は、本当に小鈴のことを、心配していたのだぞ！」

冬梅は、采夏が実は拷問がしたくて小鈴を助けようとしたのではないかと疑ったことを棚にあげてそう責めた。

「え……？　私を、心配して……？」

冬梅の言葉に小鈴は訝《いぶか》しげに眉根を寄せる。

戸惑う小鈴の手を采夏はがっしりと掴む。そして再び、白化した茶木の枝を小鈴の前に。

「小鈴、よく聞いてください。これは、呪いなどではありません。これは……祝福、救いの茶木なのです！」

爛々《らんらん》と目を輝かせながら、采夏はそう言ったのだった。

# エピローグ

「ああ、まさか……！　生きているうちに幻の白茶が飲めるなんて！」

茶荷《ちゃか》という陶器の皿にのった白い茶葉を眺めながら、采夏《さいか》は感動のあまり震えていた。

この白い茶葉こそ、小鈴《しょうりん》が見つけたという安吉村《あんきつむら》周辺に自生していた白化した茶木から取れた茶葉である。釜で炒《い》って発酵をとめる緑茶と同じ製法で作られた幻の白茶の茶葉は神秘的なまでの白さだった。

白毫銀針《ハクゴウギンシン》茶の茶葉のように銀毛に覆われて白く見える茶葉とはまた違う。本当に白いのだ。

葉脈が微かに黄色に見えるので、かろうじてこれが葉っぱなのだと分かるが、真珠ででもきた飾り物だと言われても納得できる。

「それにしても、まさかこのような形で安吉村のことが解決するとはな」

感動のあまり震えながらもうっとりとお茶に見入る采夏を愛《いと》おしそうに眺めながら、黒瑛《こくえい》が言った。

水害の被害を受けた安吉村の問題が解決した。

すでに王都に仮住まいをしていた安吉村の村人達も、土砂を取り除いて元通りとなった故郷へと戻ることができた。

それも全て……。

「この幻の白茶のおかげです」

采夏は引き続きうっとりしながらそう口にする。

そう、まさしくこの茶葉のおかげで、安吉村の問題は解決したのだった。

色を失った茶木を見つけた小鈴は、これが皇后の不徳による呪いのせいだと決めつけたが、采夏は祝福なのだと言った。

なにせ、この白い茶木こそ、お茶好きの誰もが求める『幻の白茶』を作れる白化した茶木なのだから。

白蛇に、白亀……白化した動物は古《ふる》くから神聖視されている。それは植物にとっても例外ではないはずなのだが、完全に白化した植物はすぐに壊死《えし》してしまうのであまり知られていない。

その中で、小鈴が持ってきた枝を伸ばすまでに成長した白化樹木など、奇跡中の奇跡だ。

もうむしろ、その白い茶木そのものが、お茶を愛好する者達にとっては神そのものである。

安吉村周辺に白化した茶木がある。つまり、『幻の白茶』が飲める。

それを知った茶商人達は、こぞって安吉村に集まった。金を出し、人を割き、安吉村の復興を後押しした。

かの地をお茶の一大産地にするためだ。

これから安吉村は、銘茶の産地として大きく豊かに発展することだろう。

「皇帝陛下、皇后様、このたびは東州《とうしゅう》の民のためにご尽力いただきましたこと、誠に感謝申し上げます。それに、小鈴につきましてもご温情をくださいまして誠にありがとうございます」

同席していた冬梅《とうばい》がそう言って頭を下げた。

今日は、小鈴の一件以来初めての、黒瑛と皇后の采夏、そして他の三人の妃《きさき》が揃《そろ》った茶会を開いていた。

冬梅は今日も今日とて男装だ。藍色の袍《ほう》がとてもよく似合っている。

だが、少し顔がやつれていた。それもそのはず、自分に仕える侍女が皇后の暗殺を企《たくら》んでいたのだから、気が滅入《めい》るのも仕方がない。

幸いだったのは、そのことが冬梅の罪とはならなかったことだろうか。

通常、侍女の罪は主人にも累が及ぶが、皇后である采夏の必死の訴えでそれだけは免れた。

と言うのも、当然死罪となるべき罪を犯した小鈴のことを、命を狙われた当の本人である采夏自身が庇《かば》ったのだ。

冬梅にとってはもう采夏には足を向けて寝られないほどに感謝してもしきれない。

「小鈴が白化した茶木の枝を掲げたときには、あまりの神聖さに目が焼け死ぬかと思いました。しかしその衝撃のあまり、毒入りのお茶を飲むのを止めることができず……今思い返しても、ひどい失態でした。小鈴が目覚めてくれて本当によかった。危うく幻の白茶という神を見失うところでした」

敬虔《けいけん》な信徒のように祈りを捧《ささ》げる采夏である。

「お茶に毒を入れた女をどうしてあそこまで必死に助けようとしているのか、少し疑問だったが、そういうことだったか」

と揶揄《からか》うように黒瑛が言うと、采夏はハッと顔を上げた。

「まあ、陛下、ひどいです。別に私は、幻の白茶のためだけに小鈴を助けようとしたわけではありません。ただ純粋に、心配な気持ちもありました。なにせ彼女は白化茶木の輝きを私に示してくれた……いわゆるお茶の神の使者のような娘なのですから！」

采夏はふんふんと鼻息を荒くしてそう訴える。

それって結局はお茶のためであって、純粋に心配しているわけではないのではないか……？　などと黒瑛の脳裏に疑問が浮かぶが、それもまた茶道楽の采夏らしい。

しかし、そんなふうに笑って許せない者もいる。

「皇后様は、甘すぎますわ！　毒殺を企むような者を許すだなんて考えられません！　本当に、皇后様のそのお花畑のようにおめでたい頭はとても可愛《かわい》らしいけれどどうにかならないのかしら。まあ、そこが皇后様の素敵な……げふん、皇后様の良くないところですわ！」

ついつい本音が漏れそうになりながらも語気強めに言うのは、秋麗《しゅうれい》である。

今日も今日とて、繊細な紋様の衣を着こなす完璧な美しさを持つ妃だ。

そして采夏を詰《なじ》ったあとは、鋭い視線を冬梅に向ける。

「言っておくけれど、皇后様がなんと言おうと、あの毒女を後宮には二度と入れないでちょうだいね」

秋麗に言われて冬梅はもちろんと言うように真剣な顔で頷《うなず》く。

冬梅とて、小鈴の行いは大罪だという認識はある。

思い込みで皇后を殺そうとしていた小鈴は、今となっては己の罪を認めて酷《ひど》く反省しているが、このまま後宮で仕えさせるつもりは毛頭ない。

労役を課して安吉村に帰らせることになっている。本当に素晴らしいほどの温情である。

それらのやりとりを穏やかに見ていた燕春《えんしゅん》が、ふと采夏が先ほどからうっとりと見つめている幻の白茶の茶葉に目を留めた。

先ほどから采夏は、幻の白茶の茶葉を見てうっとりとしているだけで、一向にお茶を淹《い》れようとしていないのだ。

「皇后様、幻の白茶は飲まれないのですか？」

いつもささっとお茶にして胃袋に収める采夏が、何故《なぜ》か茶葉を眺めて愛《め》でるばかりなので疑問に思ってそう尋ねると、采夏は眉根を寄せた。

「いえ、それが……あまりにももったいなくて、さすがの私も躊躇《ちゅうちょ》してしまいまして……。もう次にいつ飲めるかわからない代物でございますから」

と緊張したように答える。

「そうなのか？　今、安吉村では、その白化した茶木を挿し木して増やしていると聞いているが。増えればこれからも飲めるのではないか？」

と疑問を口にしたのは黒瑛だ。

「白化というのは、本当に稀《まれ》なるものなのです。たとえ白化した茶木を挿し木したとしても、完全な再現は難しいでしょう」

「となると、今、白化した茶木を増やそうとしている安吉村の者達にとっては残念なことになりそうだな」

「いいえ。たとえ完全に白化した茶木でなくとも、神なる白い茶木をもとにしているのです。ただの茶木というわけではありません。この国を震撼《しんかん》させるほどの銘茶になることは間違いないでしょう」

「采夏が言うならそうなんだろうな」

黒瑛はそう言って、力説する采夏を楽しげに見つめながら、しみじみと思う。

（采夏は、不思議な人だ。お茶のことしか頭にないような気もするが、彼女のお茶に対する愛が、ことごとく青国《せいこく》の益になっている。最初の頃、皇后としては頼りないと思われていたのが嘘《うそ》のように、周りは采夏を皇后として認め始めている。それは後宮に入ってきた妃達に至ってもそうだ）

黒瑛は、采夏のことを温かい目で見つめる他の妃達に視線を移した。

怯《おび》え警戒していた燕春も、敵意むき出しだった秋麗も、従順なように見えて壁のあった冬梅も、今ではすっかり采夏のことを認め、慕っている。

黒瑛にとって、采夏はまさしく稀有《けう》な女性だった。

白化した茶木よりも、黒瑛にとってはどれほど特別な存在であることか。

「それにしても、小鈴が言っていた謎の女というのが気にかかります」

少し沈んだ声でそう言ったのは、冬梅だ。

謎の女というのは、小鈴に毒の入手経路について尋ねた時の話に出てきた女のことだ。

小鈴が水害のために村を追われて王都に向かう途中、水害の原因が皇后の不徳によるものだと涙ながらに訴える者達と出会った。

その中心人物は、服装などから高貴な身分と分かる女で、独特な芳しいお香の匂いがしたのだという。

小鈴は、皇后の不徳による水害だというその女の言葉に感化され、その女に胸の内を打ち明けた。水害が起こる前、不吉な茶木を見たのだと。

するとその女は、それこそが皇后が天に見放された証拠だと言って、小鈴の不安を増やし、憎しみを募らせた。

そして、冬梅に仕えるために後宮に入った小鈴のもとに、初めてみる宦官《かんがん》から突然毒物を渡された。

皇后を排除しなければ、安吉村は救われないと言われて。

一体その毒物が誰からのものなのか、その宦官は口にしなかった。

だが、毒を包んでいた紙から微《かす》かに漂う独特な香りで、もしかしてと思う者がいた。

それが都に向かう途中で出会った謎の女だ。毒を包む紙から、あの時かいだお香の香りがしたのだという。

「小鈴の言うことが事実なのでしたら、東州の水害が皇后様のせいだという噂《うわさ》が広まったのは、その謎の女の一団のせい、ということでしょうか」

燕春が不安げにそう言うと、秋麗が不満そうに鼻を鳴らした。

「いい度胸をお持ちの愚か者がいたものですわね。私の皇后様を貶《おとし》めようだなんて」

秋麗が静かな怒りを込めてそう言うの聞きながら、黒瑛は『いや、秋麗の皇后ではないが』と密《ひそ》かに思いつつ、その怒りには共感した。

小鈴の言うことが本当であるならば、何者かが采夏の命をねらい、失脚を企んでいることは間違いない。

そう思うと、黒瑛ははらわたが煮え繰り返りそうだった。

かつて慕っていた兄、士瑛《しえい》が権力に溺れた秦漱石《しんそうせき》に殺された日のことを思い出す。

(采夏だけは、絶対に奪わせない)

思わず黒瑛の拳に力が入る。

「はい！　決めました！　飲みますよ！　今まさに、幻の白茶を淹れますからね！」

突然、少々重苦しくなっていた場に、采夏のやる気に満ちた声が響く。

虚をつかれて采夏以外のものは目を丸くし、ぐっと拳を握って目をキラキラさせながら茶荷から茶壺《ちゃつぼ》に白い茶葉を注ぎ入れる采夏を見た。

どうやら長らく目で愛でていた幻の白茶を淹れる気になったらしい。

「まったく、誰のことを心配してここにいる皆様が思い悩んでいるのかお分かりではないのですか？　命を狙われている自覚ぐらいは持って欲しいですわ」

呆《あき》れたようにそう言ったのは秋麗だ。

茶壺にお湯を入れ終わった采夏は、秋麗の言葉に目を丸くさせた。

「え？　命を狙われて？　私、命なんて狙われておりましたか？」

「めちゃくちゃ狙われとったわ！……あ、すみませんつい……」

そう言って、思わずといった具合に大声で突っ込んだのは玉芳《ぎょくほう》だった。

先ほどからずっと采夏の侍女として後ろで、主人らの会話を静かに見守っていたが流石《さすが》に我慢ならなかったようである。

突然、声を荒らげる侍女など罰されても仕方がないのだが、誰もが彼女を責められずにいた。何故なら気持ちがすごくよく分かるからである。

「さて、そんなことよりも、お茶にしましょう！」

「そんなことよりも、じゃないんだよなぁ⁉……あ、すみません、また……」

采夏の暢気《のんき》な言葉に、再び玉芳の口が滑った。しかしもちろんそんな玉芳を諌《いさ》める者はいない。

この場にいる者全てが同じ気持ちであるからである。

そうして、久しぶりに行われた茶会にて、後宮暮らしの面々は、さまざまなことを思いつつも、采夏の淹れる幻の白茶を味わったのだった。

茶会がお開きになったその夜、采夏は黒瑛に呼ばれた。

のんびりと、二人並んで長椅子に座りながら、ここでもやっぱり幻の白茶を楽しむ。昼間も妃達《きさき》とみんなで楽しんだが、まだ楽しみたい。幻の白茶はそう思わせるほどに見事なお茶だった。

采夏は、茶杯に並々と注がれた透明な液体に見入った。

この色のないお茶こそが、幻の白茶。

通常、色みの出にくいお茶だとしても、多少は色が出る。でも、この幻の白茶には全く色が出ず、一見すればただの白湯《さゆ》にしか見えない。

だが、その湯気から溢《あふ》れ出《で》てくるお茶特有の爽やかな香りは間違いなくお茶だ。白湯のようなのに香り高い。まるで人を惑わせる蜃気楼《しんきろう》のようなお茶。

その蜃気楼の幻に心奪われて、茶杯に口をつける。

（ああ……すごい。うまみが、うまみが舌の上で踊っている……！）

美味《おい》しすぎて采夏は思わず唸《うな》った。

幻の白茶に、渋みや苦みといったものは全くない。通常、渋みや苦みがあまり感じられないお茶は淡白で、深みがなく、采夏の好みではない。どこか物足りなく感じるのだ。

だが、幻の白茶は違う。

お茶の柔らかな甘さと、強烈なほどのうまみがあるのだ。そのうまみが、干からびた大地に染み渡る恵の雨のように、舌の上を転がっていく。

「これは、もう！　出汁《だし》ですよ！　お茶の出汁！　いいえ、お茶の神様の出汁です！」

あまりにも強烈なうまみに、采夏は感極まって吠《ほ》えた。

「お茶の神様の……出汁。つまりは神を煮立たせているわけか……。想像するとなんだか申し訳ない気持ちになるが……」

「いえ、煮立たせているというよりも、良い湯加減のお湯に浸《い》れて喜んでいらっしゃるような感じです」

「良い湯加減……。つまりはこのお茶はお茶の神的な存在が風呂に入った後の残り湯……？」

そう言って、微妙そうな顔で目の前の茶杯にはいった透明な液体を黒瑛は見た。

そして、ふっと思わずといったように笑う。その顔はとても優しかった。

それを目に留めた采夏は、意外に思って首を傾《かし》げた。黒瑛は采夏と違って、お茶を見るだけで柔らかく笑うことはあまりない。

「まあ、陛下がそのような顔をされるなんて珍しい。さすが幻の白茶ですね。それほどに気に入りましたか？　長年、皇帝献上茶は、龍井茶《ロンジンチャ》が選ばれておりましたが、来年は分かりませんね」

「いや、来年の皇帝献上茶も、龍井茶だ」

間髪を容《い》れずにそう断言した黒瑛に、采夏は目を丸くした。

「そうですか？　苦みや渋みが苦手な陛下でしたら、好みとしてはこちらのお茶の方がお好きなような気がしたのですが」

采夏がそう言うと、黒瑛は優しい微笑《ほほえ》みを湛《たた》えたまま、采夏を見た。

その眼差《まなざ》しの柔らかさに、思わず采夏は息をのむ。

これからとても大事なことを言われる予感がした。

「龍井茶は、俺と采夏の出会いのお茶だ。その思い出がある限り、龍井茶を超えられるものは出てこないだろう。龍井茶を飲むたびに、采夏との新鮮な出会いが蘇《よみがえ》る。俺にとって、あれ以上のお茶はもうない」

采夏の顔が俄《にわか》に赤く染まった。

黒瑛の言葉は、愛の告白以外の何ものでもない。

そして采夏自身も、そう思っていた。

(私が、龍井茶をとても特別に思うのは、きっと陛下と同じ。それにしても陛下は、本当に……気を抜くととっても甘い言葉を口にするのだから……！)

思わず采夏は両手で顔を隠した。

恥ずかしいほどに赤く染まっているであろう頬を隠すために。

「……采夏は、皇后でいることをどう思っている？」

気恥ずかしさでいっぱいいっぱいになっていた采夏の耳に、黒瑛からの突然の質問が響く。

まるで、あの時の続きのようだと采夏は思った。

紫陽花《あじさい》が咲く采夏の雅陵殿《がりょうでん》で、黒瑛は『皇后でいることは、負担か?』と問いかけてきた。

采夏はあの時答えられなかったが、しかしその質問は自分の気持ちに向き合うきっかけになった。

「正直なところ、俺の都合で、ほとんど無理やりに皇后に立ってもらったという気持ちが拭えない。采夏は、本当にこれで良かったのか……?」

采夏は一瞬言葉を失ったように目を見開いた。そんな風に黒瑛が考えていたとは思っていなかったのだ。

どこか不安そうな黒瑛の顔に采夏は微かに笑みを作って瞳を伏せた。

『皇后』の立場に対して思うことは、正直ないとは言えない。采夏は、ただお茶が好き過ぎるだけで、基本的には普通の感性を持ったただの女なのだと、采夏自身は思っている。『皇后』という立場は、采夏にとってとても重たく、不自由だ。ただ人を愛することでさえ、ままならない。だが……。

「皇后であるからこそ、お茶の文化を守ることもできますし、幻の白茶や明前《ミンチェン》の龍井茶のような銘茶も飲めます。後宮内には陛下が下さった茶畑があって、毎日茶木にも触れ合える。それになりより……」

そして采夏は真っ直《ます》ぐ黒瑛を見る。

「陛下とお茶を飲めることは、私の人生の喜びです」

そうはっきりと采夏は断言した。

宦官に扮《ふん》した黒瑛とともに明前の龍井茶を飲んだあの時から、采夏の喜びは始まった。あまりにもおいしそうにお茶を飲むその姿に、思わず見惚《みほ》れてしまったのだ。今思えば一目ぼれだったのかもしれない。

まだ一介の妃だった采夏が、茶師を続けたい、そのために後宮から出たいと黒瑛に打ち明けた時も、嫌な反応をしなかった。むしろ後押ししようとしてくれた。黒瑛の問題が片付いたら、采夏の望みを叶《かな》えると言って。

家族でさえ、采夏のお茶好きには理解を示してはくれなかった。特に母は、早く嫁げとそればかり。大事にしまっていた茶葉を隠されたこともある。

黒瑛の隣は、居心地がいいのだ。采夏が大事にしているものを、黒瑛も大事にしてくれる。

だから采夏も黒瑛の大事にしているものを、大事にしたいと思える。国が大切だというのなら、采夏も、慣れないながらも皇后として役に立ちたいとそう思うのだ。

茶畑をくれたから、黒瑛のそばに居るわけではない。高価な茶葉がもらえるから皇后になったわけではない。

黒瑛と一緒にお茶を喫するためには、黒瑛の大事なものを守るには、皇后の地位が必要だった。だから采夏は皇后に立った。

采夏がさらに口を開く。

「陛下は、ご自身の都合で私を皇后に立たせたとおっしゃいますが、皇后に立つことは私が決めたことです。私がそうしたいと思ったから、そうしたのです」

そう言った采夏の言葉の力強さに、黒瑛は言葉を失ったようだった。目を見開き、固まった。

しかししばらくして片手で両眼を覆う。はあああああと、黒瑛は息を吐き出した。

「あーくそ。本当に、采夏には敵《かな》わない……多分、一生……」

そう嘆く黒瑛の耳は真っ赤だった。

先ほど、黒瑛の真っ直ぐな言葉に照れて恥ずかしい思いをしていた采夏は、なんとなく黒瑛にやり返すことができたような気がして胸がスッとした。

「ありがとう、采夏。いや、正直、今回安吉村周辺に白化した茶木があると知って、本当は現地に行きたくて仕方がなかったのではないかと思ったのだ。采夏のことだからこっそり後宮を抜け出してもおかしくないと」

黒瑛は口元に微《かす》かに笑みを作りながらそう言った。

采夏はその言葉を聞いて、ぎくりとした。ちょっとだけ心当たりがあった。

正直なところを言えば、一瞬後宮を抜け出そうと考えたことはある、もちろん、一瞬。

一瞬だ。その一瞬が何回も繰り返されたけれど、一瞬後宮を抜け出そうと思ってすぐにダメだよと自分を諌めたので一瞬なのだ。

明らかに動揺を見せる采夏に、先ほどまで幸せそうに耳を赤くさせていた黒瑛が訝《いぶか》しげに眉根を寄せた。

「采夏？　どうしたんだ？　汗がすごいようだが？」

あと目がすごい勢いで泳いでいた。

「え⁉　べ、別に！　そんなことありませんけれども！　決して、私、白化した茶木が見たくて、後宮を抜け出そうとなんて、本当に、一瞬も考えたことないですけれども！」

早口で捲《まく》し立《た》てる采夏の目が泳ぎに泳いでいる。

目は口ほどにものを言うとはまさにこれのこと。ぐるぐると激しく彷徨《さまよ》い動く黒目から察するに、采夏が後宮を抜け出そうと考えたことは明白だった。

黒瑛は思わずため息をつく。

だが、すぐに柔らかい眼差しで焦る采夏を見つめた。

「まあ、それこそが采夏だな。それに、今こうしてここにいてくれている。それだけで俺は嬉《うれ》しい」

黒瑛はくすりと笑うと、采夏の手を引いた。突然引っ張られて采夏はなされるがまま、黒瑛の胸へと飛び込む形になった。

驚きで上擦った声で采夏が名を呼ぶのと同時に、黒瑛が采夏の背中に手を回して抱き締めてきた。

「へ、陛下……」

ドキドキと胸が高鳴り、もう何も言えそうになく、采夏は口をつぐむ。

「采夏、もし、俺が皇帝でなくなってもそばにいてくれるか」

采夏の頭上から、ぼそりと少し緊張したような黒瑛の声がふってきた。

思ってもみなかった言葉で「え……？」と思わず采夏は聞き返す。

「おれはもともと、皇帝になりたくてなったわけじゃない。兄を殺した秦漱石の都合で皇帝にされ、そして奴に復讐《ふくしゅう》するために実権を握った。それだけだ。俺を慕ってくれる坦《たん》や礫《れき》、支えてくれる陸翔《りくしょう》には申し訳ないが、俺みたいなやつは皇帝の柄じゃない」

「そのようなこと……」

「いや、そうなんだ。その証拠に俺は、一部、皇帝の任務を放棄している」

黒瑛の言葉が意外に思えて、思わず采夏はそっと顔を上げる。

「皇族の血を繋《つな》ぐという仕事だ」

その言葉に采夏は目を見開いた。

皇族の血を繋ぐ。つまりは妃《きさき》に後継を産ませるということだ。皇帝にしかできない、王朝を存続させるために最も必要なもの。

今現在、黒瑛ほど皇族の血を色濃く継いでいるものはいない。秦漱石が邪魔な皇族を悉《ことごと》く葬ったからだ。

薄く血を継ぐものは確かにいるが、そこまで遠くの親戚にまで帝位が転がることがあるとわかれば、血で血を洗うような争いが起こりかねない。

だからこそ、王朝を存続させるためには、黒瑛の子がどうしても必要だった。むしろ今の黒瑛にとっては、どんな仕事よりも優先される務めとも言えた。

「いえ、そのようなことはありません。だって陛下は、私や……他の妃様も呼んでいらっしゃるではないですか」

采夏は黒瑛との間に子をなしてはいない。

だから秋麗に言われて、黒瑛に他の妃も呼んで欲しいと願いでた。黒瑛は采夏のその申し出を受け入れた。そのはずだ。

「他の妃らとは、采夏に触れるように、触れ合ったことはない」

采夏の耳元で囁《ささや》くようにそう言った黒瑛の言葉には甘さがあった。触れ合うというのが、何を指すのかも察した。

「え……そんな、そんなこと……」

采夏は黒瑛の言葉にオロオロと目を彷徨わせる。

信じられない。だが、黒瑛はそんな冗談を言う人ではない。

「い、いけません。そのようなこと……」

采夏は口では黒瑛の行いを諫《いさ》めた。でも本心では、どうしようもなく喜んでしまっているのが分かる。

愛《いと》しい人を、自分だけのものにしたい。

そう思ってしまう心を、今までどれほど押し殺してきたか。

黒瑛の言葉に、押し殺して押し殺して、もうなくなったと思っていた皇后としてはあるまじき願いが、欲が、感情が、噴き出すように蘇ってくる。

先ほど、『皇后に立つことは私が決めたこと』と言い切っていた自分の言葉に嘘《うそ》はないのに、途端に脆《もろ》く崩れていくような感覚がした。

確かに皇后になることを決めたのは采夏だ。黒瑛と一緒にお茶を喫したくて、側で支えたくてそう決めた。

だけど、欲を言えば、皇后ではなく、普通の夫婦でありたかった。

采夏は、お茶さえ関わらなければ、普通の感性を持った、普通の娘だ。

愛する夫には、自分だけを愛してほしい。そう思う、そこらへんによくいる、娘だった。

「実は先帝の隠し子が、市井にいるという情報が入っている」

混乱する采夏の耳に、黒瑛の掠《かす》れた声が。

「隠し、子……？」

呆然《ぼうぜん》と繰り返すと、黒瑛はしっかりと采夏と目を合わせて頷《うなず》いた。

「まあ、まだその隠し子を見つけられていないし、どういう奴なのかも定かではないが、やる気のない俺よりはマシなんじゃないかと思ってる。……陸翔もいることだしな」

「つまり、それって……」

「もしそいつが見つかって、悪くなさそうなら……俺は帝位を譲るつもりだ」

黒瑛の言葉に、采夏は目を見開いた。

「そ、そんな……簡単にできることなのでしょうか」

「簡単にできるかどうかで言えばもちろんできないが、やるしかない。……もう、限界なんだ。お茶に酔って夢見心地になっていると、俺はたまに、皇帝ではないただの男になっている時がある。そして、皇后でも貴族の娘でもない采夏と出会って他愛もない話をして、愛し合うんだ」

黒瑛の言葉に、采夏も目を見張る。

黒瑛が見たという茶酔時の夢を、采夏も想《おも》った。

一介の茶師である采夏と、黒瑛との生活。黒瑛は、采夏が作ったり買い付けたりした茶葉を売る商人。裕福ではないかもしれないが、二人一緒に支えながら過ごす日々。

胸の奥がきゅうと苦しくなった。泣いてしまいそうなほどに、幸せで、苦しい。

「采夏、俺が欲しいのは、皇帝の地位でも、権威でもない。何のしがらみもなく過ごせる采夏との穏やかな日々をどうしようもなく欲してしまう。……采夏、もう一度聞くが、皇帝でなくなっても俺についてきてくれるか」

黒瑛の言葉に、先ほど込み上げてきた感情が一度にブワッと溢《あふ》れ出《だ》してきて、涙となって采夏の瞳を潤ませた。

「はい……」

掠れた声が漏れる。あまりのことに気持ちが追いつかない。

どうにかやっと返事をするので一杯一杯だ。それほどに、嬉しくて涙が止まらない。

采夏は再び黒瑛の胸に顔を埋め、黒瑛はそんな采夏を強く抱き締めた。

采夏は、まさにこの時、今までに感じていなかった幸せを感じていた。お茶を喫する時に感じる幸せとはまた違う幸せを。

そしてふと思った。

采夏は再び、顔を上げて黒瑛を仰ぎ見た。

「あ、あの……お茶ってどうなります？　好きなお茶、飲めますか？　あとやっぱり茶畑は育てたいのですけれど、可能ですか？」

実に冷静な顔だった。涙が止まらないとか思っていたが、ぴたりと止まっている。

先ほどまで実に良い雰囲気だったのだが、采夏の質問で良い雰囲気は散り散りになっていった。

そう采夏は、お茶さえ関わらなければ普通の感性をもった女性であるが、お茶が関わった時は、たとえどんな良い雰囲気でもぶち壊せる女だった。

一瞬面食らったような顔をした黒瑛だったが、すぐにプッと噴き出すように笑った。

「まったく、本当に、采夏はぶれない」

「あ、すみません、でもとても大切なことなので……。死活問題なので……」

采夏はおずおずと答える。

そんな采夏も愛しいとばかりに黒瑛は優しく笑みを深めた。

「お茶のことも茶畑のことも問題ない。譲位したとて、皇族であることは変わりない。適当な地の王にでも奉じてもらうさ。不自由はさせない」

「ああ、良かったです。それでしたら安心して陛下とともに歩んでいけます。ですが私としましては、たとえ落ちぶれようとも、どこか茶木が生育しやすい地で、陛下と二人で茶農家として生きていくというのも良いかなと思っています！」

ウキウキしながら話す采夏はこの時、完全に油断していた。

将来のことに思いを馳《は》せてワクワクしていると、黒瑛の手が采夏の後頭部に回り、引き寄せられ、そのまま強引に唇を奪われた。

突然のことに戸惑う采夏だが、黒瑛の口づけは深くなっていく。黒瑛に押される形で、そのまま長椅子に倒された。

わずかに黒瑛の胸を押して、抵抗してみるもびくともしない。

しばらくして、黒瑛がやっと唇を解放した。

戸惑う采夏に、黒瑛の意地悪な微笑《ほほえ》みが見下ろす。

「いや、なんだかこのままでは男の沽券《こけん》に関わる気がしたんだ」

「へ、陛下！　ですから、いつも急すぎます！　そ、それに、ここは長椅子ですし……」

「ほう、ならば寝台ならば良いと」

「そ、それは……」

そうです、と素直に返せるほど采夏は恋愛慣れしていない。すでに皇帝と皇后という形ではあるが、夫婦になって一年以上経過しているというのに、いまだに采夏は照れてしまう。

ふと視線を上げると、楽しそうに采夏を見る黒瑛と目が合った。

「陛下……私の反応を見て、楽しんでおられますね」

色々察した采夏が、不満げにぶすっと唇を尖らせてそうこぼすと、黒瑛は噴き出すように笑った。

「すまん。かわいくてつい」

からかうような黒瑛だが、その声色は優しく愛に溢れていた。

采夏はたまらず頬に手を当てる。熱い。

（ああ、もう、本当に陛下は……）

その熱さが、日を追うごとに黒瑛のことを愛しく思う自身の気持ちを思い知らされるようで、なんだか少し、悔しい思いをするのであった。

【参考文献】

「中国茶の教科書　体にいい効能と茶葉の種類、飲み方、すべてがわかる」誠文堂新光社／今間　智子（著）、北京東方国芸国際茶文化交流中心（監修）
「おいしいお茶の秘密　旨味や苦味、香り、色に差が出るワケは？　緑茶・ウーロン茶・紅茶の不思議に迫る」ＳＢクリエイティブ／三木　雄貴秀
「中国茶&台湾茶　遥かなる銘茶の旅」秀明大学出版会／今野　純子
「ものがたり　茶と中国の思想　三千年の歴史を茶が変えた」平凡社／佐野　典代

作中で出てきた
お茶のモデルになった茶葉
『安吉白茶』について
紹介しますね!

## 『安吉白茶』とは

安吉白茶の生産地は、浙江省湖州市安吉県。

基本的には、ずっと昔にとある村で発見された野生の白葉茶樹を親木として、挿し木をして増やした茶樹（白葉一号）で作られたお茶のことを指します。

作中に出てきた『幻の白茶』の茶樹は、その親木である野生の白葉茶樹をモデルにしているわ。

親木ほど白くはないけれど、挿し木で増やした品種で作られた安吉白茶も、他の茶葉と比べればずっと茶葉の色が薄くて黄緑をしていて可愛らしいのよ。

## 味わい

安吉白茶はとーっても旨みと甘みの強いお茶で、苦みや渋みが苦手な陛下のような方も安心して楽しめる優しい味わい。本当に何杯でも飲めてしまいそうなお茶。ああ、私ももう一杯……。

## お茶の分類

ところで、お茶は製造過程によって、緑茶、白茶、黄茶、青茶、黒茶、紅茶という六つに分類されているのだけれど、ご存じだったかしら。

安吉白茶は、名前だけ聞くと白茶のよう思われるかもしれないけれど、不発酵茶である緑茶に分類されているのです。

安吉白茶の「白茶」は、茶葉の白っぽいという見た目のために名付けられているのね。


お茶の美味しさはもちろん、淡い色の茶葉で見た目も楽しめるお茶。

安吉白茶を飲む際は、是非耐熱の玻璃の器（グラス）で、可愛らしい黄緑色の茶葉を目でも愛でながら味わうのをお勧めするわ!

お便りはこちらまで

〒一〇二―八一七七
富士見L文庫編集部　気付
唐澤和希（様）宛
漣　ミサ（様）宛

富士見L文庫

# 後宮茶妃伝《こうきゅうちゃひでん》　三
## 寵妃《ちょうひ》の愛《あい》で茶《ちゃ》が育《そだ》つ

唐澤和希《からさわかずき》

2023年1月15日　初版発行
2024年6月15日　3版発行

発行者　山下直久
発　行　株式会社 KADOKAWA
〒102-8177　東京都千代田区富士見2-13-3
電話　0570-002-301（ナビダイヤル）

印刷所　株式会社 KADOKAWA
製本所　株式会社 KADOKAWA
装丁者　西村弘美

定価はカバーに表示してあります。　◆◇◇



●お問い合わせ
https://www.kadokawa.co.jp/（「お問い合わせ」へお進みください）
※内容によっては、お答えできない場合があります。
※サポートは日本国内のみとさせていただきます。
※Japanese text only

ISBN 978-4-04-074711-8 C0193